失蹤航機

PASSENGER:

張篤（棟你個篤）

FLIGHT NUMBER: CB604

DEPARTING

BKK

BANGKOK

ARRIVING

HKG

HONG KONG

DATE:
29 JULY

DEPARTS AT:
3:55pm

GATE:
19

SEAT:
23B

NO RECORD

目錄

失蹤航機

01

瘋子

01

瘋子

　　我只是一個閒來在網上寫奇幻故事的作者，改了一個聽起來沒甚文采的筆名「張篤」，卻沒有想過，因為這個身分，早幾個月竟招來了奇怪的經歷。

　　一直以來，有不少讀者喜歡在Facebook發訊息給我，他們很多是以催促我寫文的方法去鼓勵我，有的則跟我聊聊心事。直到前陣子，那天是6月29日，當時我正在辦公室努力地工作……不，我承認我當時正在躲懶，百無聊賴地在網上瀏覽著，突然，我收到一個叫Yin Hok Wong的人的訊息。

　　那是一段奇怪的訊息：「我老婆同對仔女上年搭飛機返香港時失咗蹤，應該話，全機人都唔見晒，我想去搵佢哋，篤姐，你可唔可以幫下我？」

　　我想我當時大約對著電腦屏幕呆望了達一分鐘。我嘗試回憶上年的新聞，卻記不起有任何來港飛機失蹤的報導。

　　我的手指不自覺地敲打著鍵盤：「我可以點幫你？你報咗警未？你意思係想我幫手寫尋人廣告？」

　　不消半秒，他的回覆出現了在我眼前：「報警冇用。」

　　「你報警佢哋會幫你搵。」我著急地回答。

　　「冇用，佢哋根本唔知有嗰班機。」

「係私人飛機?」我問。如果不是,即使普通市民如我也可以從航空公司網站查到航班的消息——不過說實在的,即使是私人飛機,也絕對不會沒有紀錄。

「唔係,應該話,本來有嗰班機,但而家已冇晒紀錄。」他的回覆令我摸不著頭腦。

「我唔明你咩意思,就算飛機中途出咗事,都會有架機喺邊度起飛嘅資料同時間。再講,如果咁多人唔見咗,點解新聞冇報導過?」我以比工作時更快的速度敲打著鍵盤。

接下來,他的反問卻令我反駁不了:「篤姐,你而家重信新聞?」

我沉默地看著屏幕,一時間答不上話來。不消半秒後,他又發來了訊息:「我想搵Did Did姐幫手。」

如果有看過《我用自己方法在旺角站憑空消失》這個故事的話,就一定知道Did Did姐是一位私家偵探,也是我現實中認識的朋友。但這一刻,我覺得他需的不是Did Did姐,而是趙師傅,一位假裝江湖術士的心理醫生。

我盯著他的訊息,心裡盤算著要不要惹上這瘋子。不過最後,我的手指還是自動地輸入了一個訊息,並且發送了出去:「你可以直接搵Did Did姐,佢間偵探社喺佐敦。」

01

瘋 子

本來以為這樣就可以把他打發掉，想不到他竟又再發來訊息：「呢件事，冇記者傳媒敢寫出嚟，篤姐你可唔可以幫我記錄低個過程，記錄我同Did Did姐一齊搵佢哋嘅過程？我唔想佢哋不明不白咁唔見咗。」

這時候，我留意到他的帳戶頭像，是一家四口在海邊玩耍的照片。

我好奇地點進他的個人頁面，發現在上年8月前，他的頁面滿是一家四口的各種合照，可是由8月直到此刻接近一年的時間，卻一張照片也沒有。

難道他說的都是真的？我突然對自己的判斷失了信心，也許他不是一個瘋子？

「不！」我幾乎忘了自己是在辦公室中，大力地搖著頭，暗自說服自己眼前這個人一定是瘋子，也許他的太太帶著子女離開了他，所以他受刺激過度才變成了這樣。如果真的是這樣，他確是一個可憐人。

我嘆了一口氣，回覆他：「我哋出嚟見面傾，好唔好。」我打算帶趙師傅去找他。

「好！篤姐，多謝你信我。」

失蹤航機

失蹤航機

02

見面

02
見面

到了約定的日子，我先在車站會合趙師傅。這個丫頭，果然仍是像我在《鰂魚涌的無盡樓梯》中記述那樣，披著一身神秘的黑色長袍出現，長袍的帽子拉得低低的蓋著額頭，可是這樣還是掩蓋不了她的美貌。

我們沿著大街走去，路人見到趙師傅的打扮，有的不禁不停張望，有的則快步讓開，期間我發了個訊息通知王先生：「我五分鐘後會到。」

「好，我已經到咗。」他很快便傳來了回覆。

「鈴鈴。」五分鐘後，我推開咖啡室的玻璃門，門後的金屬掛鈴發出清脆的響聲，咖啡室的面積並不大，我留意到只有一個男人是單獨坐著，但從Facebook上的照片來看，他不是王先生。我再左右張望，卻沒有找到相似的人。

「我到咗，你坐喺邊？」我傳了一個訊息。

這時，我留意到那個獨自一人的男人疑惑地看著我和我身後的趙師傅，而他手上正拿著手機。

我仔細地看他，突然恍然大悟過來，眼前這人的五官確是王先生，可是此刻的他異常瘦削、臉頰凹陷，精神看來不太好，跟Facebook上的家庭合照中飽滿歡愉的樣子完全不同。

我快步走過去，道：「王先生？」

他苦笑了一下，說：「我以為我要見嘅人係Did Did姐，你點解帶趙師傅嚟，唔通以為我係痴線嘅？」

我尷尬地說：「你知道......趙師傅呢個人？」

「點會唔知呢？我係你讀者。」他苦惱地抱著頭。

趙師傅閃身率先坐了下來，以冷若冰霜的語調道：「王先生，請你唔好怪篤姐，佢都係以防萬一，如果你講嘅嘢都係真有其事，佢自然會帶你見Did Did姐。」

王先生漲紅了面，道：「其......其實我自己去偵探社搵Did Did姐都可以！」

「你唔係想篤姐幫你寫低呢件事咩？況且你肯定Did Did姐會信你？」趙師傅以平淡的語調說，卻對王先生異常地有說服力。

他的面色一下子白了下來，向後坐直了身子，無奈地看著我說：「咁......請你都坐低先。」

我坐了在趙師傅旁，道：「你講一講，件事係點嘅？」

他吸了一口氣，正要說話之際，趙師傅卻打斷了他道：「唔好意思，我要叫杯咖啡先。」

見面

　　我白了她一眼，待她點了咖啡後，王先生才又再吸了一口氣，慢慢地說：「上年7月，因為我工作好忙，我老婆就一個人帶住對仔女去泰國旅行，玩咗四日，但到7月29日嘅曼谷時間下晝3:14，佢哋喺曼谷登機之後就唔見咗。」

　　「我記得你喺Facebook度提過係成班機同機上面嘅人都唔見咗？」

　　「係，當日佢登機前有WhatsApp講我知，我諗住佢哋8點幾返到香港，我重去接機，點知……」

　　我打斷了他的說話，道：「唔好意思，可唔可以畀WhatsApp紀錄我睇睇？」

　　他旋即按了幾下手機，然後把手機遞了過來，屏幕顯示由一個叫「老婆」的人傳來的訊息：「老公，我哋而家登機，一陣機場見！」

　　訊息日期是上年7月29日下午4:14，香港時間比曼谷時間快一小時，這方面跟王先生說她們是曼谷時間下午3:14登機吻合。

　　而我留意到，在這訊息前有幾張相信是一家三口在泰國旅遊時的照片，也有告知王先生他們正回酒店、出發往機場等的訊息。

　　「睇下。」趙師傅輕聲說，手指指著屏幕上方，顯示「老婆」的最後上線時間是7月29日。

我把手機遞回給他，道：「咁你喺機場等唔到佢哋？」

「嗯，我等到夜晚10:00都未見佢哋，去航班顯示牌度睇，竟然搵唔到呢班機。」

「會唔會係你記錯航班編號？」我說，這時侍應剛好端來了趙師傅的咖啡。

「唔會，CB604，我呢世都會記得呢個航班編號。」

03

不存在

不存在

「係咁，你點知機上面其他人都唔見咗？」我問。

「當時，我即刻去航空公司嘅櫃位問，發現有個女仔都搵緊佢男朋友，如果我係記錯航班編號，冇理由佢都一齊記錯。」他頓了一頓，喝了一口咖啡，才繼續道：「航空公司個地勤聽見我哋問，查咗一下電腦，竟然話冇呢班機嘅紀錄！」

趙師傅突然嘆了一口氣，拿起杯子慢慢地喝了一口，卻沒有說甚麼。

王先生沒有理會她，繼續說下去：「最後，我哋去咗機場差館報警，當我哋入到去，竟然見到有兩個人都分別搵緊佢哋坐CB604返香港嘅屋企人。」

聽到這裡，我的心不由得沉了下去，如果尋親的並不只是王先生一人，那這件事的可信性就相當高了。

「咁差人點講？」

「哼！我哋納稅人出糧畀佢哋，但佢哋就咩都唔做！佢哋一聽話航空公司紀錄冇呢班機，就話唔接受報案，話一定係我哋搞錯咗啲嘢！」他忿忿不平地說。

趙師傅放下咖啡杯，抬頭看著王先生說：「既然你話有其他人都搵緊親人，我哋可唔可以都同佢哋見面？」

「係囉！點解得你一個出嚟？」我附和說。

「佢哋都好忙，既然我辭咗職一心一意搵返老婆仔女，我嘅時間比較多，所以可以話我係代表埋佢哋嚟搵你。」他堅定地看著我。

「我可唔可以而家同佢哋通個電話？」趙師傅不慌不忙地說。

「當然可以！」王先生說罷又按了按手機後遞了過來。

畫面顯示的是一個叫CB604的WhatsApp群組。

「呢度係所有我聯絡到嘅人，佢地都係要搵搭咗CB604嘅親人，足足有十幾個，你可以逐個打去。」

趙師傅點點頭，只見她花了點時間閱讀群組上的部分訊息，然後按下了其中一個人名致電過去。

「喂，你好，我係王先生拜託幫手查CB604失蹤事件嘅，我可唔可以同你傾幾句？」趙師傅說。

我聽不到對方的回應，但他似乎是答允了，因為趙師傅接下來說：「請問失蹤嘅人係你邊位？」

由於我聽不到對方回答，我便開始向王先生問更多資料：「佢哋唔見咗整整一年，我想問你哋目前搵到啲咩線索？」

不存在

王先生嘆了一口氣道：「我哋搵到嘅嘢好少，機管局同埋航空公司都聲稱根本冇CB604呢班機，警察唔接受報案，甚至我聯絡過一啲偵探同傳媒，佢哋都當我係痴線！我知道Did Did姐曾經經歷過不可思議嘅時空穿梭，我諗佢一定會信我！」

我留意到趙師傅已掛了線，然後又致電給另外一人。

「唔通你懷疑佢哋成架機因為某個原因而去咗另一個時空？」我問。

王先生突然紅了雙眼道：「我真係希望係咁，至少佢哋唔係死咗！我……我真係好冇用，用咗成年咩線索都搵唔到！」

「其實你同你太太……」我欲言又止地把說話吞回肚子中。雖然他的說話言之鑿鑿，但是又太難令人相信。我始終懷疑會不會是她的太太帶著子女離他而去，令他幻想出以上一堆情節；但是看著他傷心的樣子，我又不忍心問他和太太的感情是否不好。況且，如果這一切只是他的幻想，又如何解釋有其他人都在尋找搭乘CB604的親人？

之後我向王先生問了更多問題，可是我對整件事情仍毫無頭緒，到底事情的確有發生過，還是眼前的他因為不知甚麼原因而在說謊？

期間趙師傅也跟好幾個人通了話，她完成最後一則通話後，便把電話還給王先生，然後拉著我說：「我要同篤姐出去傾兩句，好快返。」

　　她邊說邊向我打了個眼色。雖然這次趙師傅沒有成功假裝成術士，可是以她多年的心理輔導經驗，相信她已對王先生的心理狀態有所掌握。

失蹤航機

04
錯亂記憶

04

錯亂記憶

　　我跟在趙師傅身後步出咖啡室，心裡不禁幻想，如果有一天我乘搭了一班航機，悠然地享用著飛機餐之際，那航機竟因為我想像不到的原因而將永遠沒法到達目的地，甚至消失於我所認知的世界上，我將沒法再見我的家人、朋友，那狀況是何等不寒而慄；再想想，如果是我的家人在航機上消失不見了，那種不安、那種掛念，可能比我自己消失了更難受。

　　我倒抽了一口涼氣，或許，我寧願趙師傅跟我說王先生是一個瘋子，總比他說的事情是真實發生過好。

　　「鈴鈴。」我們剛拉開玻璃門，我已急不及待小聲問：「點呀？條友係唔係癲㗎？」

　　趙師傅嘆了一口氣：「我觀察過佢講嘢時嘅神態同肢體動作，加上同過其他搵親人嘅人講電話，我覺得……」

　　「係真嘅？」我著急地問。

　　「如果唔係真，就只有一個可能性。」

　　「我希望係假嘅。」我失笑了一下。

　　「首先，可以排除王先生係精神有問題，因為除非有外來刺激，唔係好難會有一班唔同背景、年齡嘅人同時有同一個幻想，而且經我電話同佢哋傾，佢哋所講嘅嘢同王先生講嘅完全冇出入，唔似係幻想或者作出

失蹤航機

嚟，所以佢哋除咗唔係精神病人，亦唔係夾埋作故仔。」趙師傅有條不紊地說，與我的著急形成了強烈的對比。

「不過，點解唔可以夾埋作故仔？只係夾仔細啲就可以。」

趙師傅具穿透力的視線看著前方道：「情況就好似警察落口供，會反覆用唔同嘅字眼問幾次同一件事，如果係作出嚟，根本唔難揭穿，而且從對方嘅語氣、聲調亦會聽得出佢係唔係講緊大話，呢啲......只係好基本嘅心理學概念。」

「係咁，又唔係痴線，又唔係老作，你頭先又話『如果唔係真，就只有一個可能性』，係咩意思？」

「有冇聽過曼德拉效應？」她薄薄的嘴唇吐出了一個我完全沒有聽過的名詞，致使我像傻子般發出了「吓」的一聲。

「2010年，外國有一班嚟自唔同背景嘅人，佢哋竟然都對一件唔存在嘅事情有記憶。」

「吓？」我繼續像傻子一樣。

「喺佢哋嘅記憶入面，南非黑人領袖曼德拉早已喺1980年代喺獄中離世，但事實上並唔係咁，佢1990年出獄，而且一直到九十五歲先死。」

04

錯亂記憶

錯亂記憶

「咁係佢哋記錯嘢啫，係一班冇記性嘅人。」

「但係點解會有咁大班人記錯？而且佢哋好多重可以講得出細節，例如記得件事上咗某份報紙頭版咁。」她頓了一頓，話鋒突轉問道：「你記唔記得《色慾都市》呢套電影？」

「記得！《Sex in the City》吖嘛！」我答。

她卻罕有地微笑了一下，道：「英文名係叫《Sex in the City》？」

「係呀！當年我睇咗幾次！」

「睇嚟篤姐你⋯⋯你身上都有曼德拉效應。」她說罷哄前仔細地看我雙眼，令我不自在地後退了兩步，她又逼近兩步道：「套戲其實叫《Sex and the City》，從來都冇叫過《Sex in the City》，但世界上有好多人同你一樣，以為套戲叫《Sex in the City》。」

我張大了嘴巴半晌，才結結巴巴地說：「咁⋯⋯咁我英文唔好，好多同我一樣咁屎嘅人記錯都唔奇呀。」

「奇就奇在好多英美以英文為母語嘅人都係咁以為呢！而且喺香港，都有一班人話記得香港曾經有出過五千蚊紙幣，佢哋甚至講得出張銀紙係咩色、有幾大等等。」

「係咁⋯⋯你意思係王先生佢哋可能集體有一段假嘅記憶，就係有CB604呢班機？」

失蹤航機

趙師傅點了點頭：「不過，有關曼德拉效應，應該唔屬於心理學嘅層面，反而係超自然現象，或者係一啲陰謀論，所以⋯⋯」

「所以？」

趙師傅揚了揚長袍，道：「所以係唔關我事，你都係介紹佢畀Did Did姐吧啦！冇咩事我走先啦，多謝你杯咖啡！」說罷她少有地露出佻皮的微笑向我揮手，我還未來得及反應，她已揚著袍離去。

我無奈地轉身推門走進咖啡室，王先生顯然是著急地站了起來，等待我的回應。

我凝望著被趙師傅喝光了的咖啡，無奈地從錢包拿出一百元放下，對王先生說：「我哋⋯⋯而家去偵探社搵Did Did姐啦。」

「太好啦！好多謝你呀，篤姐！」

失蹤航機

05

Did Did 姐

Did Did 姐

我和王先生離開咖啡室，沿白加士街向Did Did姐的偵探社走去。

我想，其實我的潛意識早就覺得王先生說的是真話，所以我才會相約王先生在偵探社附近的咖啡室見面。

「王先生，行多條街就到偵探社㗎啦！」我說。

也許他見我終於帶他見Did Did姐，本來臉上的愁容放鬆了不少，語調也沒有之前般繃緊：「篤姐，你叫我Tony得啦，唔使再叫『王先生』。」

我微笑了一下：「希望Did Did姐會幫到你。」

他又重新皺一皺眉：「我真係好希望搵得返老婆同仔女，或者至少，畀我知佢哋身上發生過咩事……」

「一定可以嘅！」我像男人般大力拍一拍他的肩膀，卻因太粗豪而在他瘦削的身上發出了「砰」的一聲。

他無奈地看一看我，我尷尬地快步走前，直往Did Did姐偵探社所屬的大廈走去。

五分鐘後，我們已步出升降機，站在那標示著「荃家偵探社」的木框玻璃門前。

失蹤航機

「叮噹。」我按了門鐘，不消一會便見到Did Did姐的助手阿雪來開門。

她把手伸進圓形鏡片的眼鏡內擦了擦眼睛，道：「篤姐，乜咁得閒嚟探我哋，冇畀人追文咩？」

我白了她一眼，道：「有生意介紹畀你哋呀！」

她這時望了望Tony，立即換了個溫文的語調說：「係咁，請跟我入嚟。」

我們跟著她進了Did Did姐的辦公室，只見Did Did姐仍一如往日般穿著斗蓬坐在辦公桌前，她一見到我便大聲嚷著：「喂，篤姐！咩風吹你嚟呀？」

「有單勁嘢要你查。」我不客氣地自行坐下。

「你老公出軌呀？」她嬉皮笑臉地道。

「吓？篤公出軌？」阿雪在旁尖叫起來。

「有冇可能呀？佢飛得出我五指山？」我笑說，卻又瞬即回復嚴肅的表情：「係我呢位朋友Tony要搵佢嘅屋企人，佢哋上年搭飛機返香港時唔見咗。」

Did Did 姐

「搭飛機返香港時⋯⋯唔見咗?」她們二人面面相覷。

Tony也坐下來說:「係,我知道你哋查陳漠然個案件時,接觸過時間旅行呢件事,所以想睇下⋯⋯睇下會唔會我個老婆同仔女都有機會因為咁唔見咗⋯⋯」

「咪住先,不如講多少少資料,佢哋係喺飛機上唔見?你肯定佢哋有上機?」Did Did姐道。

「應該話,佢哋連埋架機,同埋其他乘客都唔見晒!」Tony說。

「吓?」她倆又再次面面相覷。

就這樣,Tony把事情的經過,有如在咖啡室時般一一道出。

就在他陳述的時候,阿雪不停敲打著鍵盤,把事情記錄下來;而我亦不忌諱地在Tony面前提出了曼德拉效應的可能性。

「Tony,你全名係王賢鶴?」Did Did姐咬著原子筆的筆桿,看著電腦屏幕問。

「吓⋯⋯係。」Tony被她突如其來的提問嚇了一跳。

「唔好意思,我哋一般都會先起一起個客底,先決定接唔接。」

Did Did姐的說話令Tony莫名緊張起來:「我講嘅嘢都係真!」

失蹤航機

「唔好緊張！你老婆同對仔女確係上年7月有出境離開香港嘅紀錄，但之後就冇再入境⋯⋯我個人相信係曼德拉效應嘅可能性唔高。」

Tony猛地點了點頭。

Did Did姐用銳利的目光望著我們：「不過，點解肯定班機同上面嘅人係喺飛返香港嘅途中失蹤？」

「我唔係好明你意思。」Tony皺著眉問。

「我哋試喺一個冇咁神秘嘅角度去睇件事，你只係知佢哋登咗機，但係，點解要假設飛機一定有起飛？」Did Did姐說。

「我明啦！你意思係，喺架機未起飛前，因為某啲原因佢哋落咗機冇返香港！」阿雪大聲叫著站了起來。

Did Did姐白了她一眼，道：「唔使叫得咁大聲喎！即係咁，呢單嘢一定有古怪㗎啦，航空公司竟然話冇呢班機嘅紀錄，警察又唔受理，傳媒又唔報，但係到底件事係點發生呢？我諗我哋應該捨難取易先，先假設飛機根本冇起飛，而唔係喺空中離奇消失。」

Did Did姐果然是Did Did姐，只是一瞬間，已為事情帶來了新的分析角度。

06

地 勤

06
地 勤

　　不同人對於同一件事會有不同的看法，對於CB604航機和乘客失蹤這件事，趙師傅聯想起神秘的曼德拉效應，而Did Did姐則提出飛機根本沒有起飛的可能性，不論事情真相如何，對我來說，這都是一宗離奇至極的事件。

　　一星期後的一個早上，我、Did Did姐、阿雪和Tony正在香港國際機場的禁區內，我們準備起程往曼谷，因為阿雪聯絡上了一個當地的地勤人員，也許當中會有一些線索。

　　平日Did Did姐去查案，都不會帶同委託人去，可是Tony聽到可能有線索，便堅持要一同前往。

　　「係呢，Tony，你之前做教書嘅，應該好忙？」Did Did姐打開了話閘子，想必她是在調查Tony背景的過程中，知道他是位老師。

　　「係呀，好多行政嘢要做，又要帶課外活動。」Tony說。

　　「但你哋放暑假有成兩個月喎！好多打工仔恨都恨唔嚟。」Did Did姐說。

　　「邊有兩個月吖，好似我呢啲科主任，暑假隔日就要返去當值，又要帶暑期活動……唉……所以……」Tony臉上劃過一絲傷感。

　　「所以唔可以同太太一齊去旅行。」Did Did姐幫他說下去，同時臉上出現了恍然大悟的神情。看來Did Did姐除了查CB604失蹤事件外，

失蹤航機

也同時在不斷查證Tony說話的真確性。

「如果當時我同佢哋一齊去旅行，至少失蹤都可以一齊失蹤，而唔係留低我孤伶伶一個。」Tony看著窗外停著的飛機喃喃自語：「如果一陣架機可以帶埋我去搵佢哋就好啦。」

「哇！唔好呀！我唔想消失！」阿雪誇張地大叫，卻又突然想起自己失言而掩蓋嘴巴。

我瞪了她一眼，向Tony道：「放心啦，一定會搵到佢哋。」

我雖然這樣說，但其實沒有抱太大期望。

三小時後，我們平安到達曼谷的蘇凡納布機場，然後我們擠進的士來到一間酒店。

「不如我哋放低行李就快啲去見個地勤？我唔想浪費時間。」Tony在酒店門前問。

「我已經約咗佢喺上面等。」阿雪道。

「嗯，喺呢件事上，航空公司嘅立場咁古怪，我要確保航空公司唔知道佢見我哋，所以我約佢喺酒店客房見面。」Did Did姐邊回答邊領著我們到通往客房的升降機。

06

地勤

地 勤

進升降機後，阿雪機靈地按下了樓層。

升降機運行時發出了微弱的機械聲，同時夾雜著Tony沉重的呼吸聲，他此刻一定非常緊張；事實上，同樣是因為緊張，我卻是屏住了呼吸。

到底我們會得到甚麼線索？

升降機門一開，Did Did姐和阿雪從容地步出，與我和Tony的繃緊形成了強烈對比。

我們來到604號房間，阿雪以一個奇怪的節奏輕敲了房門。

「咔！」房門打開，眼前是一個穿著斯文、皮膚白皙得不像泰國人的瘦削男人。

那男人在門後欠身，讓我們進去，最後進來的阿雪把房門關上。

「Did Did姐，呢位就係CB航空公司喺泰國嘅地勤Suayroop先生。」阿雪說完便轉向那Suayroop先生說了一連串泰文。

Did Did姐滿意地笑了一下，壓低聲線在我耳邊說：「咪睇阿雪成日傻頭傻腦，其實佢精通多國語言。」

這時候，Suayroop坐了在床邊，我們也隨便坐了下來，阿雪打開

MacBook道：「我會幫大家即時翻譯，同時記錄低所講嘅嘢。」

突然，Suayroop一臉不安地說了一句泰文，阿雪旋即道：「Did Did姐，佢問起嗰樣嘢。」

「畀佢啦！」Did Did姐說，然後阿雪從口袋拿出一疊泰銖遞給Suayroop。

果然，金錢在世界上任何一個角落，都是萬能的。

Suayroop滿意地微笑著，又嘰呢咕嚕說了幾句，阿雪旋即翻譯說：「佢問你哋有咩想知。」

Did Did姐說：「我想知當日嘅CB604有冇起飛離開蘇凡納布機場。」

阿雪和Suayroop嘰呢咕嚕地對話著，然後說：「佢話有起飛，而且係準時3:55起飛。」

Did Did姐輕嘆了一口氣，那意味著她的推測錯了，事情的真相要複雜得多！

「阿雪，你之前係唔係畀咗乘客名單佢㗎啦？當時飛機起飛，係唔係載住我哋要搵嘅乘客？」

地勤

　　阿雪點點頭，又跟Suayroop溝通了一會才道：「佢話係，係嗰班乘客。」

　　Tony聽罷急不及待問：「咁班機飛咗去邊，發生乜事？」

　　阿雪立即翻譯，Suayroop做了個無奈的表情說了兩句，然後阿雪好像有點嬲怒地說了幾句泰文。

　　阿雪道：「佢話佢只係地勤，起飛之後嘅事佢唔知。」她頓一頓托了托眼鏡，道：「我兇咗佢㗎啦！佢話……佢話要再畀錢先講喎！」

　　Tony看看Did Did姐，道：「咁唯有……」

　　Did Did姐說：「唔使擔心。」說罷站起來向Suayroop走去，然後一手大力抽著他的衣領，縱使Suayroop的個子比Did Did姐高出一點，但他的雙腳還是離開了地面。

　　「唉，佢激嬲咗Did Did姐啦……」阿雪聳了聳肩說。

失蹤航機

07

消失

消失

別看Did Did姐和阿雪是一介女流，其實她倆都有很深的武術根底，此刻Suayroop被Did Did姐一把拉扯起來，我真怕搞出個血案來。

只見Did Did姐用另一隻手拍了拍他的額頭，她的手看來明明柔軟至極，但拍下去的一下卻發出了驚心動魄的「啪」一聲，隨之而來是Suayroop的慘叫。

果然，除了金錢外，暴力在世界任何一個角落，也是萬能的。

Did Did姐旋即鬆開手，Suayroop頭昏腦脹地跌坐在床上，連聲說：「OK、OK……」語畢他又說了一堆泰文。

阿雪站起來好像很驚訝地說了幾句，隨即面向我們道：「佢話開頭架機好地地，都飛咗成三個鐘，但突然冇咗聯繫。」

Tony也緊張地站了起來：「飛咗三個鐘？」

我也著急地接著問：「曼谷返香港咪三個鐘，即係架機臨降落前唔見咗？」

阿雪語調急速地翻譯著：「佢話佢只係聽公司同事講，呢單嘢一發生，內部就議論紛紛，但唔使半個鐘，航空公司就出咗內部通訊話對內對外都唔可以再討論呢件事，而且亦竟然話根本冇CB604呢班機，公司內部系統亦突然冇晒紀錄！」

「咁喺架機唔見之前，有冇發生啲咩事，例如個機長有冇聯絡控制塔？」Did Did姐問。

阿雪托了托眼鏡道：「佢話咩事都冇發生過，而且……而且聽講架飛機喺雷達上消失之前，機長已經廣播話進入咗香港境內即將降落機場，唔知點解之後就突然唔見咗！」

「進入咗香港境內？」Did Did姐皺著眉說。

「即係話佢哋喺香港嘅上空突然消失？」我盡力抑壓著自己的聲線道：「抑或突然轉飛咗去其他地方？」

Did Did姐搖了搖頭看著阿雪：「佢係話架飛機喺雷達上消失咗？如果只係轉飛去其他地方，都唔會冇咗訊號。」

阿雪點點頭，道：「冇錯，佢係話架飛機喺雷達上消失咗。」

這時候，Tony突然跌坐在地上，喃喃自語道：「喺雷達上消失？喺雷達上消失？喺雷達上消失？」然後他又猛地站起來大叫：「一定係時間旅行！Did Did姐！一定係時間旅行！」

Suayroop似被嚇了一跳，急忙欠了欠身，卻被阿雪一把抽著衣領，嚇得他舉高了雙手。

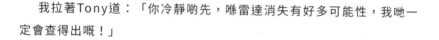

消失

　　我拉著Tony道：「你冷靜啲先，喺雷達消失有好多可能性，我哋一定會查得出嘅！」

　　Did Did姐扠著腰面向Suayroop，對阿雪道：「問下佢有冇吹水，同埋有啲咩未講。」

　　阿雪抽著他衣領又說了一堆泰文，只見Suayroop慌張地連連搖頭。

　　「佢話句句屬實同埋係知咁多。」

　　Did Did姐突然一腳踏在床上，彎身俯前，有如麻鷹般盯著Suayroop：「叫佢拎公司話唔可以再提呢件事嘅內部通訊副本畀我哋，重有，如果佢拎到更多資料，我哋會再加錢，而家佢可以走先。」

　　阿雪立即翻譯過去，Suayroop連連躬身，然後連跑帶逃地離開了酒店房間。

　　此時Tony像傻了一樣喃喃自語，大概Did Did姐之前指飛機可能未起飛對他來說是有一絲希望，但現在事情確是十分詭異。

　　阿雪卻淡定地說：「飛機喺香港境內消失，其實重易查，Did Did姐識好多人。」

　　Did Did姐搖了搖頭，道：「雖然我覺得Suayroop冇講大話，但係我重想喺泰國搵幾個人。」

「係邊個？」我緊張地說。

「CB航空公司大部分空姐都係泰國籍，而當日喺泰國出發嘅其他機都係由泰國機師駕駛，我唔排除CB604嘅機長都係，係咁⋯⋯呢班空姐同機師嘅家人唔見咗親人，佢哋嗰方面會唔會有咩線索？」Did Did姐道：「阿雪，你查一查CB航空公司嘅職員名單，當中喺CB604事件之後少咗邊啲人，搵下佢哋屋企人喺唔喺泰國，反正嚟到，我想同佢哋見個面。」

「Yes！Madam！」

「另外，查一查出內部通訊嘅係邊個職員，睇下有冇可能見見面。」

「Yes again！Madam！」

失蹤航機

08

空少

08

空少

接下來幾天，阿雪忙著尋找Did Did姐要見的人，Did Did姐一整天在酒店房間躲著說要思考，連用餐都叫酒店職員送上房間，而Tony也是一直愁眉不展的不願外出。

作為整件事中的閒人，我自是四處蹓躂，在Big C門外吃過街頭的炸雞和柚子後，我不知不覺地沿大街漫步到了四面佛。

雖然我沒有宗教信仰，但還是不禁走了進去，默念著希望CB604這宗事件可以水落石出。

當我凝望著那金色的四面佛佛像時，突然一把低沉的哭泣聲傳到我的耳邊。

我本來不想無禮地去注視那個傷心的人，可是當我斜眼看過去時，我的目光卻被那人手持的照片懾住了！

那張照片上是一個漂亮的女孩子，但我不是震驚於她的美貌，而是照片中她的衣服，她穿著的是CB航空公司的制服！

而那拿著照片跪在四面佛前低泣的是一個年輕的男人，直覺告訴我，他和照片中的人是戀人關係。

我猶豫著上前輕拍了拍那男人的肩膀，他抬頭看我，一張俊秀的臉孔上盡是疑惑。

失蹤航機

我試著用英語問他：「呢個係唔係你女朋友？佢......佢舊年7月喺CB604呢班機上面？」

他詫異得張大了嘴巴，然後四處張望了幾回，才慢慢站起來用流利的英語說：「你係邊個？你點知有CB604呢班機？」

我竟然在無聊蹓躂間，找到Did Did姐要見的人！

一時間，我倆似乎都有點慌亂，拉扯著離開了四面佛的參拜範圍，走到了街上人少點的地方。

「你係邊個？」他比我更著急。

我說：「我係香港人，陪我朋友同個偵探嚟搵佢乘搭咗CB604嘅親人。」

他聽罷我也是尋人，顯得有點失望地道：「我都係，我搵我女朋友，不過......我諗唔會搵到。」

他俊秀的面容加上流利的英語，令我不禁問道：「你係......空中少爺？」

他點了點頭。

我又問：「你係CB航空公司嘅空中少爺？」

空少

他又點了點頭。

這回輪到我著急起來：「係咁，可能你有啲我哋唔知嘅線索，我哋又有啲你唔知嘅線索，不如你跟我去見見個偵探？」

他遲疑了一下，道：「你真係香港人？你真係唔係公司嘅人？」

我對天做了一個發誓的動作道：「我唔係！」

他把女朋友的照片袋進褲袋，點了點頭道：「咁我哋而家去？」

我點了點頭，趕忙伸手截了輛的士回酒店去。

原來這個男人叫Chantira，他跟女朋友因同在CB航空公司上班而認識，已相戀三年，且到了談婚論嫁的地步。

雖然我平時很「麻甩」，但其實眼淺得很，在的士中聽他訴說著時，自己也不禁淚花亂轉。

我們很快來到酒店找Did Did姐，我作了簡單說明後，Did Did姐興奮地請他進房間，Chantira卻突然猶豫起來道：「我諗……都係算啦，唔會搵到佢㗎啦。」說罷竟還轉身想走。

我著急地大聲說：「唔好放棄！或者我哋嘅線索可以幫到你搵你女朋友呢？」

「唔會㗎啦！我去四面佛度都只係想祈求我女朋友安息。」

「你唔可以咁易放棄！你......」我大聲嚷著。

這時，對面房間的Tony可能聽到我們的吵鬧聲，便開門看個究竟，而剛好Chantira正大聲嚷著：「坐CB604嘅人都死晒㗎啦！搵唔到㗎啦！」

Tony聽罷旋即撲過去箍著Chantira的頸項：「你講咩？你係邊個？你知啲咩？」

Chantira大力掙扎著，Tony繼續大叫：「我老婆仔女去咗邊？你話我知！」

Chantira聽見他的說話，突然安靜了下來，眼神充滿悲傷地問：「你老婆仔女......搭咗CB604？」

Tony這才放開他點了點頭。

「唉！」Chantira莫名地嘆了一口氣道：「或者，你聽完我講，就會死心。」他說罷逕自走進了Did Did姐的房間坐了下來，我們也一窩蜂的走了進去。

Tony幾乎是跪在他面前，哀傷地問：「你知道啲咩？」

空少

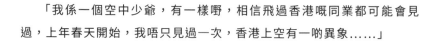

「我係一個空中少爺,有一樣嘢,相信飛過香港嘅同業都可能會見過,上年春天開始,我唔只見過一次,香港上空有一啲異象……」

「異象?」我們三個異口同聲地問。

失蹤航機

09

保密

保密

　　世界上有很多事情都難以解釋，一宗飛機失蹤事件，本來大家都想用易於明白的方向去推測，大家都潛意識地希望這不是甚麼超自然事件，可是我意外認識到Chantira後，想不到他提供的線索正正把我們指向我們未能想像的世界。

　　「嗯，雖然我飛好多次先見到兩次，但一定唔係眼花，兩次都係喺機師宣布就快降落香港機場時，我就見到空中有少少奇怪嘅藍色光，好似喺地面射上嚟咁。」Chantira說。

　　「藍色光？當時係咩時間？」Did Did姐問。

　　「兩次都係大約香港時間夜晚8:00，而且啲光係一陣就冇咗......」Chantira說。

　　「8:00？」Tony說：「當日......當日我老婆同仔女班機都應該係大約8:00返到香港。」

　　我無意識地揮動著手道：「會唔會係咩天文現象咋？」

　　「都有可能，我識一個呢方面嘅專家，可以請教下佢。」Did Did姐若有所思地說。

　　Chantira搖了搖頭：「我做咗空少咁多年，飛過咁多地方，只係喺香港見過呢啲光；而且，你講得好啱，當日CB604都係差唔多時間去到

香港，我總係覺得同件事有關聯，我兩次見到藍光時，啲光都唔係射中我哋架機，如果射中呢？射中會點？」

當我們眾人沉思著Chantira提出的問題時，Tony卻只是冷冷地看著他道：「唔通你真係死心？點解你可以咁易放棄搵你愛嘅人？」

Chantira的眼神突然變得很哀傷，道：「都成一年啦⋯⋯」

Did Did姐沒有理會他們，她似乎一邊思索一邊急速地自言自語著：「如果⋯⋯如果只係飛機失事，冇理由冇殘骸，當時架機已入咗香港境內，又唔係喺大西洋中心，失事嘅話一定唔難見到殘骸，就算政府唔派人去打撈，香港港口咁繁忙，出入嘅船隻都一定會見到起碼少少殘骸⋯⋯」

「所以，我覺得唔會搵到佢哋⋯⋯」Chantira說罷合十雙手在胸前，哽咽著道：「我希望佢安息。」

雖然Chantira看似提供了一項線索，可是這個線索著實也未必跟事情有關，至於Suayroop提供的資料雖然很重要，但是也無助於令事情水落石出。想著想著，我不禁惆悵地呼了口氣。

「叮噹叮噹叮噹⋯⋯」酒店房間的門鐘突然急速地響起，站近房門的我連忙去開門。

保密

我只把門打開了少許，就有人大力把門撞開，只見阿雪拖著一個皮膚黝黑、身型略胖的女人氣急敗壞地走進來。

「阿雪！係唔係有線索？」

阿雪果然是Did Did姐的得力助手。

阿雪快步走進來，她以急速的語調道：「呢個係Kanya，當時航空公司嘅內部通知就係佢出嘅，佢......」她說到一半，卻發現房間多了一個陌生人，她以疑惑的眼神看著Chantira。

我連忙解釋道：「我喺四面佛撞到佢，佢係CB航空公司嘅空少，亦係其中一個失蹤空姐嘅男朋友。」

雖然從Kanya和Chantira的眼神中觀察到，他們似乎互不相識，但阿雪還是看了看Did Did姐，然後用廣東話說：「我諗，請呢位空少離開先會好啲，始終......」

阿雪話未說完，Did Did姐便向Chantira說：「唔好意思，我哋有位朋友嚟探我哋，我哋可唔可以再聯絡？」

Chantira無奈地點了點頭：「雖然我都唔想個結果係咁，但係好多嘢我哋都控制唔到。」他說罷轉身拍了Tony的肩膀，就好像要鼓勵他一樣，同時說：「如果有消息，請你都話畀我知。」

Tony點了點頭，待Chantira離開後，Did Did姐才道：「係唔係有新料？呢個使唔使畀錢先爆料㗎？」

阿雪笑道：「搞掂晒啦！」

「係唔係有料爆？」我問。

「Kanya話佢都覺得好奇怪，佢做過唔同航空公司，都冇試過公司會完全唔公布一班機失蹤嘅事，最多係隱瞞原因......」阿雪道。

「係咁，佢知唔知咩原因？」Did Did姐道。

阿雪用泰文跟Kanya溝通了一會，只見Kanya面有難色地回答著，然後阿雪卻面色一沉。

「咩事？阿雪！」Did Did姐也察覺到阿雪的神色有異。

阿雪皺著眉看了過來道：「佢話......本來佢咩都唔知嘅，但有一日就無意中聽到幾個高層喺房入面話：『件事係某國政府要求，公司都冇辦法，畢竟航空業同其他國家關係好密切，一定要幫手保密。』」

可是，只要有人參與的事件，在利益面前，就沒有「保密」這回事。

10

整理

整理

「某國政府要求？」我不禁高呼著，然後又旋即壓低了聲音道：「唔通⋯⋯係同軍事武器有關？」

Tony倒抽了一口氣，呢喃著道：「軍事武器？咁⋯⋯唔通架機畀人擊落咗？」

Did Did姐遲疑著點了點頭，然後又大力地搖頭：「唔會呀，正如我之前所講，冇理由由一啲殘骸都冇。」她頓了一頓望向阿雪道：「我想知講呢啲說話嘅，係邊幾個航空公司高層，我要個人名，你去查一查呢幾個人。」

阿雪嘰呢咕嚕地問Kanya，只見她同時拿出手機，點著頭在屏幕上寫下了幾個人名。

Did Did姐又道：「咁佢重有冇料爆？」

阿雪道：「冇啦。」

說罷阿雪跟Kanya說了幾句，她便合十雙手微笑著離去。

「唉。」我下意識地嘆了口氣，雖然我們在泰國好像找到一些線索，可是這些線索卻又似有還無。

「我哋嚟整理一下。」我拿出隨身的iPad道：「首先，我哋知道班機係有起飛，而且進入香港境內先出事。」

Did Did姐點著頭，用更精準的用詞道：「所謂出事，係喺雷達上突然消失，而出事前完全冇跡象。」

阿雪接著道：「當日，航空公司喺半小時內禁絕員工再提呢件事，甚至唔承認有呢班機，而呢件事，係某國政府要求航空公司隱瞞。」

我快速地把資料以點列形式記錄在電話中，同時瞄了瞄坐在旁邊一臉無助的Tony。

Did Did姐道：「重有，有空少指舊年春天開始，試過兩次夜晚8:00左右到香港境內時，天上出現一啲奇怪藍光，好似喺地面射出嚟咁，一陣就唔見咗。」

「藍光？」阿雪因為剛才不在，沒有聽到Chantira說的這件事。

「嗯，而每次藍光出現嘅時間，都同CB604抵港時間一樣。」我點了點頭。

「8:00？」阿雪歪著頭問。

我、Did Did姐和Tony一起點著頭，卻沒想過阿雪會提出我們沒想過的分析。

只見她托了托圓形眼鏡，梳理了一下額前的瀏海，道：「8:00⋯⋯會唔會係維港表演緊幻彩掬啷啷？」

整理

我們三人目瞪口呆了半晌，Did Did姐才道：「嗯……唔係冇可能，不過……照抄低先，可……可能唔係呢！」

說著說著，竟不知不覺已到了晚上9時，我們在酒店餐廳隨便吃了點東西，就各自回房間休息。

雖然泰國天氣很熱，但我還是沖了個熱水澡，意圖去紓解一天的疲勞，可是身體的疲勞卻遠不及腦袋的疲勞。

其實我真的很佩服Did Did姐和阿雪，一整天都在分析這分析那，而且又能把事情組織得這麼有系統。

我躺在床上，跟在香港的丈夫通了個電話後，便沉沉地睡去。可是不知睡了多久，在模模糊糊間，我好像覺得房間內有其他人！

失蹤航機

11

失竊

11

失竊

　　我一向習慣把電燈全關才睡覺，雖然很多人說不少泰國酒店都十分猛鬼，但經常去泰國的我卻一次都沒有遇過。此刻我在睡夢中突然聽到房間內好像有人走路的聲音，最初我覺得只是夢境，可是當我試著聽清楚一點，在我的意識逐漸回復之際，我開始肯定那是真真切切在我房間內的聲音。

　　我沒有關掉電視機嗎？我意識模糊地想，同時惺忪著竭力張開雙眼，而頃刻間，我全身的毛管都豎了起來，嚇得動彈不得，因為就在我微微張開眼睛的一刻，我先肯定的是電視並沒有開著，然後在電視旁邊竟然佇立著一個人影！

　　是人？是鬼？

　　我從因驚慌而繃緊的身體中掙扎著，好不容易才在喉嚨間發出一下微弱的驚呼，然後那黑影瞬間快速向房門移去。我勉力坐起來大叫：「邊個？」在我把床頭燈開啟的同時，聽到了房門關掉的聲音！

　　是人！

　　嚴重缺乏運動神經的我連滾帶爬地下了床，向房門跑去。我沒有深思，把房門拉開就跑了出去，看到兩邊的走廊竟是空無一人。

　　是賊人嗎？

　　「咔。」是身後房門緩緩關上的聲音，我低頭看看自己的雙腳，連雙拖鞋都沒有。

我暗自慶幸，還好我沒有裸睡的習慣。

我赤著腳想乘升降機到大堂向職員求助，可是望向前方長長的走廊，再想起剛才那黑影，突然有一種害怕的感覺湧上心頭。剛才我追出來時沒有深思，如果我和那人狹路相逢，我想我九成不是他的對手。

幸好，Did Did 姐的房間就在我房間的旁邊，我使勁地按著她的門鐘，過了五分鐘，她才惺忪著打開房門。

我見到她不禁鬆了一口氣，快步閃進她的房間，關上門後向她道出了事情的經過。

「你出嚟之後完全見唔到嗰個人？」她問。

「係呀，走得好快！」

「會唔會佢重喺你房入面？」她突然這樣說，害得我毛骨悚然。

她說的未必是沒有可能。縱然我聽到房門關上的聲音，但不代表那人已離開我的房間，加上後來當我跑了出來後，房門到底是自然地關上，還是有人從內把門關上，我確是完全不知道。

Did Did 姐見我面色鐵青，拍了拍我的肩膀道：「我哋打電話落去叫職員上嚟開返門先算。」

我點了點頭，坐在梳化上等待著。

11

失竊

Did Did姐從雪櫃拿了一枝水遞給我，卻同時發出了奇怪的一聲：
「咦？」

我好奇地問：「咩事呀？」

她縱然一臉冷靜，卻是呆了半晌才回應我道：「我擺喺雪櫃頂部MacBook唔見咗！」

「雪櫃頂？」我探頭望去，雪櫃是嵌入在櫃子中，而雪櫃頂上面只有約兩寸的罅隙。

「係，我習慣將緊要嘢擺呢啲位。」Did Did姐皺著眉道，然後拿起手機撥了個電話。

「奇怪，搵唔到阿雪。」

「會唔會因為瞓緊聽唔到？」

Did Did姐搖了搖頭，道：「係唔通，唔係冇人聽。」說罷她用床頭的電話試著撥打到阿雪在樓下的房間。

「喂……Did Did姐！而家半夜三更……」由於Did Did姐打開了電話的擴音器，我聽到阿雪的聲音很明顯是好夢正酣。

Did Did姐微舒了一口氣，道：「你睇睇你部電話同MacBook重喺唔喺度？」

「咦……」那邊傳來幾下翻弄物品的聲音，然後是阿雪的驚呼聲：「唔見晒呀！連我手寫嘅調查筆記都唔見埋呀！係唔係漏咗喺你間房呀？」

「快啲上嚟我房。」Did Did姐急速地道。

不消三分鐘，阿雪和那個要幫我打開房門的酒店職員同時出現了在Did Did姐的房門前。

「嘩，篤姐你咁大個人重著卡通睡衣？」阿雪竟在此緊張時刻仍不忘揶揄我。

我目無表情地道：「你而家重笑得落？」

同時，Did Did姐敲了一下她的頭殼，道：「我部MacBook都唔見咗，偷嘢嘅人而家有可能喺篤姐房入面！」

「唔係啩？」

說罷我們示意那職員去把我的房門打開，而Did Did姐和阿雪則站在前方緊張地等待著。

失蹤航機

12

黑影

黑 影

「嚓。」職員把門卡拍在我房門的鎖上，然後把門推開。

房間中寂靜一遍，昏黃的燈光應該是來自床邊的燈，Did Did姐和阿雪猛地閃身而進，並做了個手勢，示意我們不要進內，相信她們是要在房內地毯式搜索。過了半晌，她們才步出房門道：「篤姐，你間房冇人，你入嚟睇下有冇唔見嘢？」

與此同時，阿雪走出來跟那職員用泰文溝通著，想必是要投訴房間保安有問題而導致失竊。

我走進房間，看了看橫放在地上的行李箱，轉了轉上面的密碼鎖，把行李箱打開，看到裡面完好無缺地放著我的iPad。

是的，我是那種習慣在外住酒店時，睡前把所有貴重物品鎖進行李箱的人。此刻我慶幸自己有此習慣，更慶幸賊人沒有把我整個行李箱拿走。

「冇唔見嘢呀！」我說。

Did Did姐舒了一口氣，卻又嘆道：「不過最緊要嗰啲聯絡同資料喺晒我同阿雪度，但而家畀人偷晒……」

這時，對面房間的門緩緩打開，步出來的是惺忪卻又疑惑的Tony：「咩事呀？」

「咦？」Did Did姐皺了皺眉道：「Tony你睇下你有冇唔見嘢？」

這個時候，有個看來較高級的職員來了跟阿雪在溝通。

「唔見嘢？」Tony雖然猶豫著，卻稍稍轉身望向衣櫃旁的迷你吧檯，然後道：「冇吖，我啲銀包、電話甚至錢都重喺度。」

「錢！」Did Did姐壓低聲線說了一聲，然後跑回自己的房間看了一遍，並喃喃自語道：「啲錢重喺度……Tony嘅嘢完全冇唔見，篤姐嘅嘢就鎖晒入唸，我同阿雪啲料就唔見晒……個賊根本衝住我哋而嚟。」

這時，阿雪跟Did Did姐說：「佢哋話可以賠償我哋金錢上嘅損失，希望我哋唔好報警，怕影響酒店聲譽。」

Did Did姐聳聳肩道：「可以，但佢哋要畀閉路電視我哋睇。」

阿雪又嘰呢咕嚕地說了幾句，再說：「佢話OK，而家可以去保安室睇。」

我慌忙進房間換了對球鞋，身上卻仍是一套卡通睡衣的跟著大隊離去。

來到保安室，阿雪跟職員溝通著，前方中間較大的屏幕開始回著帶，只見時間顯示回到了兩小時前，畫面播放著的相信正是我們房間外的走廊。

黑影

　　看著畫面下方的時間顯示一分一秒地過，畫面卻沒有任何動靜，我的睡意不禁湧了上來，慢慢半合雙眼，意識朦朧地堅持站著。

　　不知過了多久，突然聽見阿雪一聲驚呼：「呀！」

　　我被嚇得張大了雙眼，眼前屏幕上的走廊出現了一個全身穿黑色衣服、頭戴鴨舌帽、背著大袋子的人，似乎是一個男人，而我幾乎肯定，他就是我在房間中見到的那個黑影！

　　「係佢啦！」我大叫起來，只見他用門卡打開了Did Did姐的房門，不消兩分鐘便走了出來，慢慢關上房門，然後以同樣方法打開了我的房門！

　　影片過了約五分鐘，那人急忙地跑出來拉上房門，以極快的速度向樓梯走去，一分鐘後便見到赤著腳的我佇立在門外。

　　「X！完全睇唔到個樣！」Did Did姐說，然後向阿雪打了個眼色。

　　阿雪點了點頭，似乎是向那些人道謝，那些人一臉抱歉的回應著，然後我們一行四人便退出了保安室，向升降機走去。

　　「要幾耐？」在升降機內，我聽到Did Did姐壓低聲線向阿雪說。

　　「天光前。」阿雪笑了笑輕聲道，Did Did姐滿意地點了點頭。

「咳。」我假咳了一聲：「即係做咩呢？你哋唔講，我好難記錄低。」

Did Did姐笑笑道：「拎段閉路電視影片返嚟慢慢睇囉！」

「吓？偷嘢？」Tony說。

「借用。」阿雪伸了伸舌頭道。

升降機來到阿雪住的樓層，她揮了揮手走了出去。

Did Did姐拍拍我道：「雖然我知道你想仔細記錄晒呢件事，不過我擔心有人想阻止我哋調查，驚你哋有危險，你兩個照原定機票聽朝返香港，我會送你哋去機場。」

「咁你同阿雪呢？會唔會......好危險？」我緊張地問。

「我哋始終係習武之人，警覺性比較高。」

「咳！但你同阿雪好似......畀人入房偷晒啲嘢都唔知喎！」

13

離境

13

離境

第二天中午，我和Tony便拿著行李退房，Did Did姐跟著我們乘的士往機場。

「阿雪呢？佢……做好咗件事未？」我問，我指的是偷取閉路電視錄影的事。

Did Did姐點點頭卻沒有多言，不知是不是因護送我們到機場而緊張，她的臉色總是不太好。

去到機場，她目送著我們進入禁區。

「Did Did姐，你要小心啲。」我抱了她一下。

她點了點頭，在我耳邊道：「你都要小心，我只可以送你哋嚟到呢度，雖然其實你嗰度唔係太多資料，但都要小心啲保管個iPad。」

Tony道：「Did Did姐，呢件事拜托你啦。」

Did Did姐抿著嘴點了點頭。

到進入了禁區，去到登機閘口，我看著顯示牌道：「唉，航班延誤喎！」本來我們要乘搭3:05起飛的航班，可是現在似乎要在禁區等多一會了。

「咁我哋坐一陣啦。」Tony說。

失蹤航機

「嗯。」我點著頭坐下，順便WhatsApp給丈夫告知他我在等待登機。

我和Tony默言無語，我把iPad抱在胸前，隨著時間慢慢過去，我看著四周來來去去的旅客和職員，不知為何有一種莫名的恐懼。

也許Did Did姐不在，令我有點缺乏安全感，如果這刻有人來搶或偷我的iPad，其實我也反抗不了。

我不禁坐直身子環視四周，周圍人來人往，突然，我發現後方有一個男人站在垃圾桶後不遠處，他竟然定睛看著我。

我忍不住呼出一口寒氣，下意識地縮低了身子。

「做咩呀？篤姐？」Tony意識到我行為古怪。

我壓低聲線道：「你睇下後面，垃圾桶後面有個男人係咁望住我，唔知係唔係……」

與此同時，那男人竟向著我走過來。

「死啦！死啦！佢過嚟啦！」我不禁弓起了身子。

Tony也緊張地回頭看著。

離境

那男人皮膚黝黑，似乎是泰國人，他目無表情地走過來，我們屏息著，眼見他愈來愈近。

我好像覺得四周突然雜音全無，那男人仍是看著我，我下意識地站了起來，轉身面向著他，腳步卻向後快步退去，Tony也遲疑著跟了過來。

我亂著腳步後退，「砰」的一聲，我的後背撞到一個人，耳邊突然再次聽到所有雜音，那男人走到我本來坐著的位置，然後坐了下來。

Tony拍了拍我：「人哋搵位坐啫。」

我的肩膀由繃緊狀態略為放鬆，忿忿不平地說：「妖，佢搵位唔使搵得咁樣衰下嘛？」

這時候，航空公司宣布可以登機，我立即擠進人群中準備上機。

當我們坐在飛機上等待起飛時，我看看手錶，已是3:16，Tony瞄了瞄我，淡淡地道：「如果就快起飛，我哋落機時就差唔多香港時間夜晚8:00。」

「嗯。」我回應著看著窗外，也許數小時後，我就可以從這個窗看到詭異的藍光，又或許，我們也會從世上消失掉。

失蹤航機

失蹤航機

14

藍光

14

藍光

　　飛機徐徐起飛，我外遊時總是一上飛機便會昏睡過去，此刻我可能有點懼怕這航班會步CB604的後塵，加上我總是覺得有甚麼人在監視著我，所以罕有地完全沒有睡意，精神奕奕地看著窗外的白雲。

　　「Tony，如果......我係話如果，如果連Did Did姐都查唔出真相，你會點？」我看著窗外，卻跟在我另一旁的Tony道。

　　過了半晌，我卻沒有聽到他的回應，回頭一看，他輕皺著眉似乎是在思考著我的話。

　　我輕聲道：「Tony？」

　　他這才眨了眨眼睛，苦笑了一下道：「我諗......我會再搵人查，我唔會放棄。」

　　我輕嘆了一聲，重新回頭去看窗外。

　　飛機在橙紅色的天空中飛行，景色雖然美麗，但這時的我卻完全沒有心思去欣賞；在沉重的心情下，我們食之無味地吃過了飛機餐，窗外那橙紅色也漸漸變成了深藍色，繼而再變成漆黑一遍。

　　時間在流逝著，在漆黑中，遠處出現了一個繁燈閃爍的地方，那是香港，緊接著我便聽到機師的廣播，宣布我們快將降落香港國際機場，而香港時間是7:38。

失蹤航機

　　窗外的夜空本來很平靜，突然卻有一道淡淡的藍光在我眼前閃現！那藍光似乎是在地面射向天空，若隱若現，而且我想大約在兩秒間便消散，若不是我正注視著窗外，真的未必會察覺到。

　　我不禁倒抽了一口涼氣，當我反應過來呼喚Tony時，天空已回復一陣正常。

　　「嗯？」Tony回應著。

　　我面色鐵青地用手指敲了敲窗戶，道：「頭……頭先窗外有……有藍光。」

　　「藍光！」Tony大聲地驚呼且擠過來想看看窗外，以致前排座位的乘客都回頭看看我們。

　　我壓低聲音道：「冇……冇咗啦！好快消失咗。」

　　他嘆了一聲，道：「不過……而家未到8:00，應該唔係幻彩掬嘟嘟啦？」

　　「嗯……」我頓了一頓，又道：「如果……如果頭先因為啲藍光而時間扭曲，咁……」

　　雖然我只是隨意假設，他卻有點激動地道：「咁我可能可以見返老婆仔女！」

14

藍光

「咁我就見唔返我老公。」我苦笑了一下，如果我真的去了另一個時空，丈夫就會變成下一個Tony。

「轟轟！」是飛機降落在跑道的聲音。縱然坐過不少次飛機，每次我都會被這一下響聲輕微嚇到。

待飛機完全停下，我留在座位等候所有人下機才站起來。我看著每一個經過的人，始終放心不下，寧願最後下機也總好過後方有不知甚麼人跟著我。

下機後過了關，等待取行李的時候，我發了個WhatsApp訊息給Did Did姐：「平安到港，頭先見到Chantira講嘅藍光，當時8:00都未到，所以肯定唔係幻彩掬嘟嘟。」

Did Did姐幾乎是立即就回覆，但她卻沒有回應藍光的事：「我呢邊都冇咩好查，聽日返香港，後日再約你哋喺偵探社傾。」

至少，能跟Did Did姐聯絡上，足以證明剛才的藍光沒有把我帶到另一個時空。

可是，即使回到香港，有沒有人仍會對我的iPad虎視眈眈？雖然我已把資料備份到網上，但我總不想失去我的iPad，更害怕是置身於危險當中。

　　我又下意識地張望四周，似乎沒有見到甚麼可疑人物。過了一會，我的行李從遠處的行李輸送帶徐徐而來，當我上前想把行李取下之際，突然有人從後一把拉著我的手臂！

失蹤航機

15

疑人

15

疑人

　　我感到一隻大手猛力拉著我左手手臂，我下意識地用力抗衡著，同時猛地轉身，想看看後面的是甚麼人。

　　當我大力甩開他，再回頭看時，我不禁失笑起來，眼前的人原來是我的丈夫。

　　「你冇事吖嘛？我嚟接你機。」他一臉錯愕地問。

　　我呼了一口氣，搖了搖頭。

　　終於，我和Tony都順利取回行李後，便各自回家，等待後天到偵探社和Did Did姐再次見面。

　　接下來的一天，為免惹來不必要的麻煩，我整天都在家中休息；而且，我也沒有對丈夫詳細說在泰國發生的事，以免他被牽扯進來。

　　到了約定的那天，當我來到Did Did姐的偵探社時，Tony已經到了。

　　心急的我甫進門便嚷著說：「Did Did姐，我嗰日返嚟都見到Chantira講嘅……」

　　Did Did姐卻揮了揮手打斷了我的說話，並且道：「唔好講呢樣住。」

　　我愕然地看著她，她續說：「嗰日阿雪拎咗閉路電視條片，我哋而家睇多次。」說著她把畫面投放到牆上。

其實我不太明白她的用意，那天閉路電視中的人一身黑衣且戴著帽，根本看不到是誰，難道我們看漏了當中甚麼線索？

Did Did姐把電燈關掉，我們在漆黑中看著投影在牆上的畫面。在影片中段開始，就像上次一樣，走廊出現了一個全身穿黑色衣服、頭戴鴨舌帽、背著大袋子的人，似乎是一個男人，而我再次肯定，他就是我在房間中見到的那個黑影。

只見他打開了Did Did姐的房門，不消兩分鐘便走了出來，慢慢關上房門，然後又進了我的房間。

影片過了約五分鐘，那人急忙地跑出來拉上房門，以極快的速度向樓梯走去，一分鐘後便見到赤著腳的我佇立在門外。

Did Did姐道：「睇唔睇到有咩特別？」

老實說，即使再看一次，我還是沒有從影片中看出甚麼端倪，是以我搖了搖頭，Tony和阿雪也是。

Did Did姐把影片倒播，回到那人推門進Did Did姐房門的那一段反覆播放。

「咦？」我終於發現有甚麼不妥：「嗰個人……冇拍卡就開到門嘅？第一次睇嗰時都冇留意添！」

15

疑人

　　Did Did姐聽罷站起來開了燈，才慢條斯理地道：「其實第一次睇時，條片嗰個人係有拍卡開門，而家條片係冇。」

　　「點解？」我皺著眉問。

　　Did Did姐把畫面中那人的手部放大，道：「雖然呢個人嘅動作、衣著睇落好似男人，加上睇落似短頭髮，但其實望下佢隻手咁纖幼，我相信應該係女人。」她頓了一頓，道：「而且……當日我見到佢開門拍卡嘅動作，係好特別，明明門鎖位置唔係特別高，但呢個人竟然係由下向上拍張卡……阿雪，你話呢個人係邊個呢？」

失蹤航機

16

歸零

16

歸零

　　阿雪沒有即時回答，而是靜默了半晌，使得我們三個人的視線都集中在她身上。

　　從Did Did姐凌厲的眼神，我想我已猜到她口中的黑衣人是誰，可是我卻不希望事情是這樣。

　　過了一會，阿雪終於用遲疑的語氣打破了沉默，卻只是喚了一聲道：「Did Did姐……」

　　「我當日喺保安室見到段片入面個人拍卡開門嘅手勢，已估到係你，叫你去偷條片都係想再印證一下。」Did Did姐冷淡地說。

　　「我……」阿雪垂下頭道。

　　「阿雪，點解你要咁做？」我帶點激動地說。

　　阿雪還未回答，Tony已憤怒地說：「你點解要咁？你知道啲乜？」他轉而望向Did Did姐道：「我要你畀個交代我！」

　　Did Did姐聳聳肩望向阿雪：「你答啦！我都要你畀個交代我！」

　　阿雪垂下頭道：「我……我咩都唔知，係嗰晚見完Kanya後返房，有人匿名留字條畀我要我咁做……」

　　「人哋畀幾多錢你？你好等錢使呀？」Did Did姐站起來大力拍著桌子厲聲道。

失蹤航機

「我⋯⋯Did Did姐⋯⋯我想買樓呀！我喺度打幾多年工都唔會有嗰筆錢買樓！」阿雪淚眼汪汪地抬頭看著Did Did姐。

「你而家係出賣緊道德，出賣緊偵探社嘅誠信呀！」Did Did姐嬲怒得一腳踢翻了桌前的辦公椅。

「呢件事⋯⋯牽涉某國政府，我哋唔會查到啲咩⋯⋯Did Did姐，我唔想再查落去，你都唔好查啦，好危險㗎！」阿雪軟著聲線說。

Tony大聲道：「到底邊個畀錢你？重有咩線索？」

阿雪急急搖著頭道：「我咩都唔知！亦冇更多嘅線索！」

「Tony，好對唔住，呢件案發展到呢個地步，我更加會查落去，至於⋯⋯」Did Did姐義正嚴詞地說，卻被阿雪打斷了對話。

「Did Did姐，你點同嗰個政府鬥？」阿雪道。

「阿雪，你驚、你怯、你貪錢，你已經唔可以做偵探，今日起你正式被解僱。」Did Did姐別過臉不望向阿雪，卻繼續道：「你而家即刻走啦。」

阿雪抿著嘴唇，然後拿起背包，拉開偵探社的大門，頭也不回地走了。

16
歸零

「Did Did姐，你......」Tony看著Did Did姐說，卻被她打斷了說話：「我一定會查落去，你唔使擔心。」

Tony搖了搖頭，道：「或者阿雪冇講錯，我哋真係鬥唔贏。」

「就算退返錢畀你，我都想查，我哋做咗咁多嘢......」Did Did姐道，可是事實上，大家都心知肚明，查了這麼久，我們卻好像沒有甚麼進展。

我們三個人沉默了良久，Did Did姐才開口道：「或者畀啲時間我，我喺藍光方面著手查一查。」

失蹤航機

失蹤航機

17

尋找藍光

17
尋找藍光

世上很多事情都難以解釋，不但因為人類對宇宙的認知有限，更是因為部分資訊因某些原因被隱瞞、篡改，以致真相沒法披露於人前。

阿雪的選擇錯嗎？她是出賣了偵探社，但是她想置業又沒有錯，收取政府的款項去停止調查這宗案件又不是犯法，誰可以說她十惡不赦呢？

Did Did姐說要調查藍光出現的原因，我思考了一會，便道：「不如我哋試下上太平山、大帽山之類，睇下夜晚8:00會唔會見到嗰啲藍光？」

「都可以，不過要睇下邊個山近航道......」她邊說邊在電腦上搜尋著，一向剛強的她，似乎已從阿雪帶來的打擊中回復過來。

她敲打著鍵盤道：「夏天嘅時候，因為吹西風，航機會被安排喺東北方向經將軍澳、西貢、馬鞍山、沙田、荃灣同深井降落機場，當時你搭架機已進入香港境內，唔知道藍光係喺邊個地區出現嘅呢？」

我聳了聳肩道：「我都唔知，但照咁睇，上大帽山應該可以觀察到呢啲地方。」

「係咁，我哋聽晚揸車上去。」Did Did姐說罷，我和Tony都點了點頭。

第二天黃昏，我們乘Did Did姐的車向山頂進發，原來大帽山山頂附近有一個停車場，我們把車泊好後，Did Did姐從車尾廂取出一台望遠鏡。

失蹤航機

「哇，Did Did姐你碌嘢咁大碌嘅？天文望遠鏡嚟㗎？」我無知地問。

Did Did姐翻了個白眼，道：「又未至於，不過呢碌嘢都係勁㗎啦！重有拍攝功能添！只要影到藍光，我就可以拎去問下啲專家係咩嚟！」

Tony沒有理會我們，自顧自在山頂四處張望。看看手錶，已是晚上七時了，天色仍沒有全暗，但大廈的燈光已開始亮起。

香港的夜景很美，可是一想到一架飛機連同機上所有人消失得無影無蹤，我不禁不寒而慄，著實無心欣賞眼前的美景。

雖然時值夏天，可是山頂還是有點涼意；我們三人坐在地上，一邊吃著三文治，一邊各自看著不同的方向，Did Did姐有時會用那台望遠鏡左右觀望，時間一分一秒地過去，我們都沉默不語，保持著高度的專注力。

不知過了多久，Did Did姐打破沉默道：「已經九點啦！我哋聽日再上嚟啦！」

我們大約經過了三十二個這樣的晚上，可是卻從來沒有見到藍光，難道那天在飛機上是我看錯？可是Chantira見到的又是甚麼？

到了第三十三晚，當我們又如常在山上觀察著時，突然，一道淡淡的藍光出現在我眼前遠方的天空。

尋找藍光

「有啦！快啲睇！」我大叫著站起來指向前方。

他們立即轉身張望，Did Did姐更快步跑去操控她的望遠鏡。

幸好今夜天色明朗，我可以清楚看到那淡淡的藍光——與其說是藍光，更應說是一縷藍色的輕煙，在瞬間已消散掉。然而，就在那一瞬間，我可以肯定地大叫：「啲藍光係喺西貢上空！」

Tony也緊張地問Did Did姐：「影唔影到？」

「影到！」

我們三人在山頂歡天喜地地高呼著。縱然如此，我們距離真相還有很遠很遠的路。

失蹤航機

機航蹤失

18

西貢

18

西貢

　　三天後，我們又在Did Did姐的偵探社見面，沒有了阿雪，偵探社顯得尤其冷清。

　　我用手指劃了劃桌上的灰塵，Did Did姐見狀尷尬地說：「哈！我遲啲會打掃㗎啦！」

　　「幾時請返個助手呀？」我問。

　　Did Did姐拍了拍桌上的灰塵，說：「遲啲啦，請個男嘅，有腹肌嘅！」

　　「咳咳。」Tony假咳了兩聲。

　　我才道：「係呢，你話有個對天文現象好有研究嘅朋友，佢點解釋啲藍光？」

　　「佢話就咁睇，可能只係地面有人射一啲高強度燈光上天，亦有可能係雲層反射地面嘅燈光。」Did Did姐道。

　　我搖了搖頭：「如果係雲層反射燈光，冇理由咁準時，而且當日我哋喺大帽山見到藍光時，明明萬里無雲。」

　　「咁即係人為？」Tony道。

　　「如果人為，佢嘅目的係乜？同埋咁高強度嘅燈光，唔係普通人會有。」我邊思索著邊說。

Did Did姐點點頭，道：「為咗更加接近真相，今日叫你哋嚟，其實係想今晚一齊去西貢睇睇。」

「嗯。」我和Tony不約而同地回應，事實上Did Did姐這個建議確是合理至極。

「不過……」Did Did姐頓了一頓又道：「大家都要有心理準備，好似上次喺大帽山頂咁，可能要等好多晚先會再見到藍光。」

我暗嘆了一口氣，然後發了個WhatsApp訊息告知丈夫。

西貢的面積雖然不算很大，可是對於藍光確切是從西貢的哪一個地方發出，我們卻是茫無頭緒。

黃昏的時候，我們只好隨意在西貢停泊車輛，然後採取在大帽山山頂時的策略，每人看一個方向，當再次看見藍光時，便可以慢慢收窄範圍，找到確切的地點。

可是，如此下去，到底要調查多久呢？

一如所料，我們在西貢調查了三天又三天，轉眼間又過了個多月，大家的意志都開始被磨滅。

直到有一天的下午，當我準備出門口到西貢之際，竟收到Tony的來電，他著急地道：「快啲嚟我屋企！快！我都叫咗Did Did姐嚟！」

18
西貢

西貢

「咩事呀？」受了他影響，我也語調急速地問。

「有新線索！」他幾乎是對著話筒吼叫起來。

有新線索？

失蹤航機

19

圖案

圖案

聽到有新線索，我幾乎是連跑帶滾地衝出門口，當我正好到了住宅樓下，便見Did Did姐的車子停泊在前方。

「果然未出門口！」Did Did姐道。

「嘩，你又知嘅！」我快步上了她的車。

「都係兜過嚟望下咋，反正我哋咁近。」我剛坐好，她便立即開了車。

「知唔知有咩線索？」我問。

「唔知，不過Tony把聲咁緊張，睇嚟都係幾重要嘅線索。」

「其實呢……啲藍光喺西貢出現，令我聯想起好多有關西貢嘅神秘傳聞。」我說。

「神秘傳聞？」

「嗯，係我之前寫小說時做資料搜集搵到嘅，原來好多人都話西貢嘅郊區係有結界。」

「結界？我好似聽過，就係啲人行行下山去咗另一個空間？」

「嗯，之前有一單好出名，係一個休班警員叫丁利華，行西貢失咗蹤，佢打電話去報警話自己搵失路，又講咗啲好奇怪嘅嘢，話見到咩密

　　碼，之後就收咗線，咁多年嚟都搵唔返佢，網上好多人講話佢入咗結界。」

　　「我都聽過類似嘅嘢，但我聽嗰啲當事人就出得返嚟，最怪嘅係明明覺得自己只係搵路搵咗一個鐘，出到大路先發現已經過咗四個鐘！」

　　「如果真係有結界，咁會唔會CB604都係經過西貢上空時入咗結界？」我問，Did Did姐卻聳了聳肩不置可否。

　　車廂中一時間變得寂靜，汽車在街道上疾駛，很快來到Tony位於長沙灣幸俊苑的家。

　　當我按了門鈴後，他幾乎是立即打開了門，可想而知他應是緊張得在門前邊踱步邊等待我們。

　　Tony的家看來有些凌亂，也許他見到我的眼光落在地上那些信件、膠袋等雜物上，是以他不好意思地說：「唔好意思，太太唔喺度有啲亂。」

　　「嗯。」Did Did姐爽朗地道：「有咩線索？」

　　只見Tony手上原來一直拿著一封信，他顫抖著手把信遞給我們道：「睇下信封右上角！」

19
圖案

　　我和Did Did姐把信接過來，在信封的右上角確是有一個小小的黑點，當我仔細看的時候，才發現似乎是一個手繪的圖案。

　　Did Did姐似乎都留意到：「好似一隻雀仔。」

　　「嗯……係一隻鶴㗎。」Tony有點尷尬地說。

　　「鶴？」Did Did姐從口袋裡拿出放大鏡仔細看。

　　「係鶴咁又點？」我不解地問。

　　「係咁嘅，我個名有個『鶴』字，呢個圖案係我太太由拍拖時期開始就會畫畀我嘅。」Tony頓了一頓又說：「亦只有佢先會畫呢個圖案。」

　　「你嘅意思係……」我仍是不太明白。

　　Did Did姐說：「你意思係……而家我手上呢個圖案係你太太失蹤前畫嘅？」

　　Tony搖了搖頭：「唔係，呢封信係上兩個月先收到。」

　　「吓？」我聽得一頭霧水，只能發出驚奇的叫聲。

失蹤航機

失蹤航機

20

回來

20

回來

Did Did姐把信拿在手中仔細端詳著：「呢封只係一封普通嘅銀行推廣信，點解......」

「但的確，封信係近期嘅......」我凝視著信封上「夏日消費樂」和「預先批核」的字眼。

「如果個圖案係你太太畫，我就真係唔係好明......即係佢返過嚟，然後喺信封上畫低呢隻雀？」Did Did姐頓了一頓又道：「定係喺呢封信寄畀你之前，佢已經畫咗隻雀上去？」

Tony漲紅了臉道：「咳，嗰隻係鶴嚟......我有諗過，我太太又唔係喺銀行、郵局嗰啲度做，點會可以喺封信寄到之前畫公仔上去？但係如果我太太返過嚟......點解佢又走咗？」

我的思緒十分混亂，如果他的太太曾經回來，卻又沒有留下，我所想到的可能性只有一個......

「佢係同其他人一齊返嚟，然後喺唔情願嘅情況下離開嘅！」我幾乎是大叫了出來。

「所以佢偷偷畫個公仔，等你知佢返過嚟！」Did Did姐說。

Tony困惱得蹲了下來，喃喃地道：「咁係咩人捉走左佢？我啲仔女又喺邊？」

失蹤航機

因為這一封信的出現，我們好像再次得到一些線索，卻又生出了更多疑團。

「Tony，我哋而家立即去管理處問一問呢兩個月你太太有冇返過嚟。」Did Did姐道。

「其實，我同啲管理員好熟，佢哋都知我太太唔見咗，如果佢有返過嚟，管理員應該會講界我知。」

我皺了皺眉頭道：「或者佢係喺我哋去咗曼谷時返嚟，所以管理員搵唔到你呢！」

他點了點頭，邊向大門走去邊道：「問下都好嘅……」

於是，我們一行三人便下樓去到管理處，那管理員一見到Tony便友善地打招呼。

「根叔！我想問你啲嘢！」Tony道：「呢兩個月有冇見過我老婆返嚟？」

「你太太？」根叔皺著眉道：「王生，你冇咩事嘛？你太太都……唔見咗成年啦……」

「嗯……即係冇見過呀？」Tony的語調盡是失望。

回來

「我幫你打畀夜更個時叔問下啦！」根叔說罷已在撥打著電話，可是不消半分鐘便道：「呀！時叔冇聽電話，可能日頭揸緊的士冇為意，我晏啲幫你再問。」

這時，Did Did姐強勢地道：「喂，唔好等啦，畀我哋睇下閉路電視紀錄啦！」

本來我以為根叔會以公司規矩為由拒絕，可是他竟然爽快地說：「可以呀，我都想王生快啲搵到屋企，趁而家唔多人出入，你哋搵個人入嚟偷偷睇啦，不過唔好話畀人知喎！」

Did Did姐點了點頭，便躡手躡腳走進管理處的位置，並著我和Tony返回樓上住所等消息。

「你……你會認得我太太㗎可？」Tony道。

Did Did姐笑了一聲，道：「我係偵探嚟，只要我睇過佢張相，就算佢好似阿雪咁包實晒扮男人，我都會認到！」

在等待的過程中，我檢查著Tony家各處，希望找到更多他太太回過來的證據，我甚至仔細查看亂放在地上的信件，可是沒有一封是像那封一樣有著Tony太太畫的圖案。

過了約一小時，Did Did姐終於回來，卻沒有帶來好消息，她只是搖搖頭：「唔好話一個似你太太嘅人都冇，連著得有可疑嘅人都唔見……」

失蹤航機

我們三人站在屋中惆悵不已，突然，Did Did姐指著不遠處電視櫃下的一封信件，發出了奇怪的「咦」一聲。

21

真相

真相

　　只見Did Did姐走前蹲下撿起地上的一封信，那是我剛才檢查過的一封水費通知單，Did Did姐把信遞到我們面前，把我嚇得目瞪口呆。因為這封信的右上角竟然出現了Tony太太畫的鶴！可是我剛才檢查的時候明明是沒有的！

　　「頭先明明冇㗎！」我指著信件大叫。

　　是我看漏了嗎？沒可能！我對自己的觀察力很有信心，而且我清楚記得我把這封信拿在手上端詳過，我沒有可能看不到那明顯的圖案！

　　我像傻子一樣張大嘴巴看著Tony：「頭先得我同你喺屋入面，點解你要畫隻鶴上去扮係你老婆畫！」

　　突然間，我覺得自己這幾個月來像是傻子般被Tony玩弄著，更麻煩了趙師傅、Did Did姐和阿雪。

　　我怒不可遏，但Tony卻一臉無辜地道：「我冇呀！」

　　「唔係你，唔通我畫呀？」我憤怒地說：「一係你根本唔知自己畫過！」

　　「你⋯⋯你當我痴線㗎？上次你搵趙師傅嚟，都係唔信我，但佢唔係證明咗我冇問題，所以你先幫我咩？」他也好像有點憤怒地道。

　　他的質問我一時也回答不了，趙師傅的確是說他的心理狀況、精神狀況都沒有問題，可是又如何解釋現在的情況？

「但係……」Did Did姐反倒是十分冷靜地對我說：「喺呢段日子，我哋一齊去搵線索，我的確相信Tony嘅所有說話，亦唔覺得佢精神有咩問題……篤，我睇人好準。」

「Did Did……」她的說話令我冷靜下來，道：「咁……點解而家封信上面多咗個圖案，頭先真係冇……」

Did Did姐沒有回應我，而是環顧四周，又低頭看著那個圖案沉思了良久。

突然，我發現眼前的圖案有個不尋常之處。一開始，我認為那圖案是用黑色原子筆繪畫的，可是現在仔細看來，那線條異常的幼，只是畫圖的人不停重複畫上，令線條看來較粗，我實在想不出有甚麼原子筆能畫出如此幼的線條。

我用呢喃的聲調遲疑著道：「你哋睇下，呢個圖案係用咩筆畫出嚟？咩筆可以畫出咁細而又線條咁清晰嘅圖案？」

Did Did姐看了看，她應該也明白我的意思，是以她隨手拿起放在電視櫃前的一枝原子筆在圖案旁邊畫了兩筆，比較起來，那圖案的線條只有原子筆線條粗度的十分一……不，我想是幾十分之一左右。

她凝視著圖案半晌，又道：「你睇下啲線條曲曲下咁，好似畫得好吃力……唔知點解我覺得……」

21

真相

「覺得咩？」Tony著急地問。

只見Did Did姐走向地下那堆雜物，俯身凝視了一會後，竟奇怪地呼出一口氣，繼而笑了一聲，再抬頭對Tony說：「我知道你太太去咗邊。」她頓了一頓才道：「呢個世界有好多嘢都好不可思議，希望你哋唔好太震驚。」

失蹤航機

22

Tony 太太

Tony 太太

「老公，我哋而家登機，一陣機場見！」今天是7月29日，我發了個WhatsApp訊息給丈夫。

我現在身處蘇凡納布機場，剛好與兒女子俊和子萱完成一連四天的曼谷之旅，這趟旅程十分快樂，如果丈夫不是因工作忙碌而沒法同遊的話，旅程一定更加圓滿。

「上機啦！」我拖著子俊和子萱登上飛機，卻沒有想過這趟回程的航機，會令我的人生產生巨變，會破壞我本來幸福的人生。

本來一切都很正常，飛機在3:55準時起飛，不久空姐為我們送來飛機餐，這幾天玩得倦了的子俊和子萱吃過東西後便沉沉睡去，空姐也為我們回收了用餐後的垃圾。

我隔著走道望向旁邊座位的窗外，黃昏的天空已呈現美麗的橙紅色，幸好旁邊的乘客都在睡，讓我整個航程都可以隔著他們的座位呆望窗外的天空。

天空從橙紅變成紫藍色，然後變成深黑色。我看看手錶，飛機已飛了三小時，應該快回到香港了，想起丈夫應已到了機場準備迎接我們，我不禁從心底裡溫暖地微笑著。

這時機長發出了廣播，告訴大家飛機已進入香港境內，香港天氣晴朗，而飛機將會很快降落香港國際機場，著我們要扣緊安全帶。

失蹤航機

　　我托著頭望向窗外，突然間，天空閃了一閃，就像被黑夜中的閃電照亮了一樣，我心中暗忖著機長說的天氣狀況似乎不正確，可是我甫想完，整架飛機突然強烈地搖晃起來！

　　「呀！」子俊和子萱立即被嚇醒驚叫起來，幸好大家都已扣上安全帶，但我還是側彎著身子希望保護他們。

　　「救命呀！」

　　「呀！」

　　「咩事呀？」

　　「嘩！」

　　一時間整架飛機內的燈光都暗了下來，我感到有些雜物撞擊到我，幸好並沒有太疼痛，可是我卻感到輕微的暈眩。

　　機身猛烈地搖動著，黑暗中只有慘叫聲、哭喊聲和呼救聲，我沒法看到任何眼前的事物，心裡驚慌得胡思亂想：我們是被雷電擊中嗎？還是氣流影響？為甚麼機長都沒有宣布甚麼？我們......會死嗎？

　　我不知道飛機晃動了多久，也許只是數秒鐘，但在我感覺上，就好像經歷了一世紀，機上的呼叫聲漸漸少了，低泣聲卻愈來愈多，而且也許是搖晃得太厲害，繼而還有一些嘔吐聲，空氣中瀰漫著令人難受的酸臭味。

Tony 太太

「子俊、子萱，你哋冇事嘛？應下媽咪！」我大叫著，因為我在黑暗中根本看不清他們是暈了或是甚麼，而且說真的我也快要昏倒了。

「媽咪，我哋係唔係會死？」子萱大哭著。

「細妹唔使驚，有我同媽咪喺度！」子俊這個做哥哥的，經常都令我感到欣慰。

我努力裝作鎮定，溫柔地說：「唔使驚，媽咪會保護你哋！好快冇事，落機就見到爸爸！」

可是，後來我才知道，原來我沒法做到。

失蹤航機

23

醒來

醒來

　　機身時而猛烈晃動，時而緩減下來，可是卻似是沒有停下來的趨勢，大概大家都已沒有期望，所以機艙內已再沒有呼救聲，人們或沉默或低泣，在黑暗中等待死神的降臨、等待生命被奪去，在心中跟最愛的人默默道別，在腦海中回溯五味雜陳的短暫一生。

　　原來當意識到自己的生命走到盡頭時，腦海中確會如走馬燈般出現很多回憶，跟Tony從相識、相愛到步入婚姻殿堂、生兒育女的畫面不停在我的腦海中閃現。說真的，嫁給Tony是我人生中最正確的決定，他不是特別細心，卻是無比真心。雖然有人說男人總信不過，但在我而言，如果他因為變心而快樂地離開我，總比他生病或意外離開我好。

　　而如果現在我死了，我也無法想像Tony會有多難過，而且他很可能不只失去妻子，還會失去一對子女。

　　我不想死去。

　　可是我能怎樣？

　　在我失去意識之前，我好像感到機身撞到了地面，我當時以為自己已經死了，所以才好像失去了聽覺般聽不到任何撞擊的聲音，也感覺不到太大的痛感。可是在恐懼和悲傷中，我還是昏了過去。

　　不知過了多久，我竟然在嘈雜的聲音、晃動的人影、刺眼的光線下醒了過來。

失蹤航機

是天堂？是地獄？

我擦著眼睛看看四周，我竟然還在機艙內，子俊和子萱都好好的坐在我身邊。

我拼命拍著他們的肩膀，他們很快便醒了過來，問我：「媽咪，我哋係唔係死咗啦？」

我不置可否地看看四周，陽光從窗外射進來，看來我們昏迷了一整夜；行李跌得一地都是，機上有些人來回走動著似是在尋找出口，有些人像我一樣剛醒過來一臉茫然，有些人則不知道仍在昏迷或是已經死了。如果這是一場空難，奇怪的是機上竟沒有血肉橫飛的場面，除了行李滿地，我看不出飛機有任何損毀。

這時候，兩個穿著機師制服的男人出現，大聲呼喊著：「我哋成功著陸，快啲去中間逃生門離開啦！不過出面……」不知為何二人面有難色。

我幫子俊和子萱解開安全帶，拖著他們起身之際，視線剛好掠過窗外，這時候我才留意到，窗外綠色一遍，我呼了一口寒氣，因為飛機似乎降落了在森林中。

24
恐懼

恐懼

不論如何，我們還是要離開機艙才會得救。我拖著子女擠在其他乘客中，有秩序地排隊等候出去；在這期間，機師去輕拍著那些不知是昏迷中或是已死了的人，幸好那些人都慢慢醒了過來。

「點解會咁㗎？」前面的乘客突然發出了驚呼聲，隨之而來的是一陣騷動。

前排的人不知為何後退著腳步，但有些本來在後方的卻擠上前去，一時間機艙內有點混亂起來。

「大家冷靜啲！」二人當中看似香港人的機師用廣東話大叫著，眾人才稍為冷靜下來。

他又繼續說：「你哋聽我講，我係副機師Leon Lai，我知道一定有啲問題出咗，但係無論如何，我哋而家留喺機艙都於事無補，一定要出去！」

我不太明白他口中「有啲問題出咗」是甚麼意思，當我想問清楚之際，卻有一個中年胖男人大喊：「你係機師，你可以聯絡民航處，講我哋個情況畀佢哋知，自然會有人救我哋！」

這時Leon皺了皺眉頭道：「我哋有嘗試過，但係似乎飛機上嘅所有功能都故障。」

「咁⋯⋯咁⋯⋯」一個看似廿多歲的四眼毒男怯生生地道：「

我⋯⋯我哋打電話試下。」他說罷從褲袋拿出手機,卻喃喃自語道:「開⋯⋯開唔到機嘅⋯⋯」

「可能跌爛咗。」我隨手拾起一台在地上不知屬於何人的手機試著開機,卻不得要領,而我自己的手機也應該跟上百件手提行李一樣,散落在地上不知哪個位置。

有些人或如我般拾起地上屬於其他人的手機,或從衣袋、褲袋拿出自己的手機,可是以我觀察,沒有一台手機是開得到的。

「冇⋯⋯冇理由部部都開唔到⋯⋯」毒男說。

「啪!」突然,一下巨響響起。

一隻黑色有很多隻腳的龐然大物撲了在我右方的窗戶,牠的身軀接近有整個窗戶那麼大!

「呀!」

「咩嚟㗎?」

「救命呀?」

一時間所有人向左面湧去,我們三母子也被推撞著,因此不小心撞到了在我不遠處、那個要機師聯絡民航處的中年胖男。

恐懼

「妖！唔好追啦！」他用力推向撞到他的我，令我和子萱一不小心跌倒在地上。

「冷靜啲！」Leon和其他人很快扶起了我們，可是大家看著窗外的龐然大物，頃刻都因為不知所措而沉默下來，或者說，大家都害怕得說不出一句話。

過了半晌，那毒男才打破沉默，向著中年胖男道：「你……你……你頭先咁樣推人唔啱，我……我哋而家要團結。」

「團你老味！」中年胖男把手上的手機向毒男扔去，卻沒有扔中，手機直飛向那龐然大物伏在的窗戶。

「嘶！」窗戶似乎在著陸時已受損，玻璃被手機擊中後竟發出裂開的聲音，然後裂痕由玻璃的中心向四方八面展開。

那龐然大物沒有因此而退開，反而是穿過破爛的玻璃衝了進來！

「哇！」驚叫聲此起彼落，所有人四處逃生、躲藏。

我拖著子女跟著人跑，也不知要跑去哪裡。當我終於發現自己站了在逃生出口前時，前方已有人滑下逃生梯，我回頭一看，看到那龐然大物的側面，那是一隻我見過的不知名的昆蟲，只是體積比我平時所見的大許多倍，而我最感恐懼的是，牠的嘴巴正叼著半個中年胖男，是的，是半個！

失蹤航機

　　一陣噁心的感覺湧上我的心頭，我緊緊握住子俊、子萱的手想逃離眼前的絕境，身體卻是僵硬到動彈不得。

25

微 型

微型

剛才還在機艙中罵人、推人的那個胖男，此刻已成為那龐然大物的點心。

在我還沒有反應過來之際，我聽到好像是那毒男的聲音大叫：「走呀！」同時一股力量從後猛地推了我一下，我再也站不住腳，拖著子俊、子萱向前跌下，沿逃生梯直滑了下去，最後我們三母子跌到最底，撲倒了在泥巴上。

同時，那毒男也從逃生梯滑下在我身邊停了下來，他突然說話不再結結巴巴地向著我大叫：「你頭先咁樣好危險㗎！」

我坐了起來，見到子俊、子萱也安全地在我身邊才鬆了一氣。我環視四周，綠草長得比飛機還要高，還有一些長得像馬纓丹般卻更為大型的花朵。

「喂！快啲走啦！前面有車聲！」Leon在不遠處揮手叫我們，有些乘客已在他前方遠去。

「媽咪，點解會咁㗎？」子俊牢牢地抓著我的手，帶著哭音地道。

我不知為何搖了搖頭，答非所問地呢喃著：「媽咪會保護你哋......媽咪會保護你哋......」

「快啲行啦！」毒男邊催促邊從我身邊走過。

失蹤航機

我拉著子女提步向Leon的方向走去，當我踏著艱難的腳步在泥巴上走前一步時，突然覺得自己好像被一道黑影籠罩著。

「走呀！快啲走呀！」Leon在遠方急促地道。

我抬頭一看，原來剛才吃了胖男的那隻大怪物飛了起來，就在我頭頂的正上方！

「嗚呀！」我下意識地拉著一對子女伏了下來，還拉著一根草擋在上方，這時候，我感到子俊、子萱正在我的臂彎下低泣。

幸好，那龐然大物掠過了我們，當我舒一口氣時，卻見牠正向著Leon的方向高速飛去！

「機師！」壽男和我幾乎是同一時間大叫。

只見怪物撞向Leon和前方的人群，我聽到此起彼落的呼救聲，地上的泥土飛揚著。當我見到那怪物的身軀再次飛向半空，距離我們愈來愈遠之際，我卻再沒有看到Leon的身影。

「機……機師……」壽男目瞪口呆地看著半空。

由於極度的驚慌，我也不知過了多久，只知太陽好像愈來愈猛烈，大概已經接近中午時分了吧？

微型

我勉力站了起來，對兒子說：「子俊，做男仔要堅強啲。」

他聽到我這麼一說，強忍著眼淚點了點頭，但在另一邊的子萱卻大哭了起來，並同時嚷著：「我要返屋企！我要返屋企！」

我努力令自己的聲線像平時一樣平靜地道：「子萱，做女仔……都要堅強啲……」

她嘟著小嘴看我，我用手指梳好了她凌亂的頭髮，然後道：「我哋抹乾眼淚起程返屋企啦！」

她點了點頭，我左右手各牽著他們向前方走去，只見毒男不知是在等我們還是嚇得走不動，他一直在原地站著。

當走到他旁邊時，我輕喚了他一下：「嗨，我哋行出去啦！」

他眼睛瞪得老大，眼白布滿血絲的轉頭來看我，慢慢他的眼神才稍為放鬆下來，道：「行……行啦……」

「多謝你頭先推我哋三母子落逃生梯。」我邊走邊說。

「我……我……其實係……你……你哋阻住我走……」他尷尬地回應著。

我們撥開眼前那些大型植物，踏在泥土艱辛地前進著，這時我聽到前方不遠處有一把低沉的聲線唸唸有詞地呢喃著不知甚麼。

「邊⋯⋯邊個？」毒男撥開了一根草，竟見到Leon蹲在石屎路面上。

「機師！你冇事呀？」說真的，自飛機進入香港境內之後，這是我第一次感到高興起來。

他一臉蒼白地看著我，又看看子俊、子萱、毒男，繼而搖了搖頭，似乎是嚇到語無倫次地道：「冇事⋯⋯有事⋯⋯冇事⋯⋯有事⋯⋯」

「我哋⋯⋯我哋以⋯⋯以為你畀頭先隻怪物食咗，你冇事我哋一齊走啦！」毒男用力踏了踏地下，又說：「走到出嚟石屎路，好快有人救我哋！」

Leon又搖了搖頭，指了指上方，我們抬頭看去、那是一個非常大的街道名牌：「清水灣道」。

巨大的昆蟲、馬纓丹、青草⋯⋯其實，我們大家都應該猜到發生了甚麼事，一直沒有討論沒有說出口，只是因為內心覺得事情太荒謬，或是希望一切只是自己胡思亂想。可是，當看著眼前的街道牌，我們不得不承認，不是昆蟲、馬纓丹和青草變巨大了，是我們變小了！

我嘆了一口氣，問Leon：「其他人呢？」

Leon深呼吸了一下：「我頭先冇畀嗰隻昆蟲食咗，我好快趴低咗，但我見到佢衝前一連食咗好幾個人⋯⋯好恐怖⋯⋯」他又再大力吸了一

微型

口氣才繼續道:「等隻嘢走咗,我咪即刻走出嚟,點知已經唔見晒其他人,只係見到⋯⋯」他說罷伸手指了指前方不遠處。

我一看過去,胃部難受得幾乎快要吐出來,但我還是先欠了欠身遮擋著子俊和子萱的視線。

「嘩啦⋯⋯」可是,壽男已在旁邊嘔吐大作起來。

失蹤航機

26

上車

上車

眼前的石屎地上，有一個人躺在地上；不，應該說，有一片人躺在地上；不，應該說，有一片人形的肉醬堆在地上。

那是一個被不知是汽車還是甚麼輾過，血肉模糊地死去了的人。

「點解會咁㗎？」毒男邊吐邊嚷著。

「佢……佢畀車撞到？」我結結巴巴地說，視線卻始終沒有再望向那具屍體。

Leon搖搖頭道：「唔係，佢係畀人踩死！」

「……」一時間，我和毒男都語塞起來，是的，我們現在這個微型的身體，確是很有可能被人踩死。

「蓬！」突然，一輛大貨車疾駛而過，刮起一陣大風，把我們都吹跌了在地上。

「唉，咁而家點算好？點先可以搵人救我哋？」毒男爬起來沮喪地說。

「媽咪，不如我哋返屋企啦！」子萱說。

「呢度係西貢，我哋住長沙灣咁遠，都唔知點返去。」我幽幽地說。

「搭車返去！」子俊說。

我俯身撫了撫子俊的頭髮，道：「傻仔，我哋咁樣點搭車呢？」

Leon也拍了拍他的頭道：「又唔係真係唔得嘅⋯⋯唔試點知？」同時他的視線飄向不遠處的巴士站，那兒有數個路人在等巴士。

「嗰度有車去彩虹站！我以前讀科大，有時搭車都會經呢度！」毒男興奮地說。

Leon點點頭道：「我哋爬上嗰啲人鞋面，咪可以跟住佢哋搭車去市區！」

我望望子俊、子萱，擔心地道：「我哋大人爬到，唔知佢哋小朋友點？」

「我哋會幫手！」毒男說。

我猶疑著點了點頭，便戰戰兢兢地帶著子女跟他們向巴士站走去。

巴士站看來雖然不遠，但以我們現在的身軀，每一步都這麼細小，而且當汽車疾駛而過時，我們都被風拉扯得後退幾步，所以對我們來說，此刻就好像平時要走十公里路一樣。

子俊很乖巧地努力走著，但子萱年紀小，才走了幾步就要我抱了。

　　我艱辛地抱著她小心地走著，不時留意前方遠處而來的行人，生怕被人踩死，我不希望我們會變成那一堆肉醬。

　　毒男幫我拖著子俊，幸好路上行人不算太多，期間無數巴士在馬路疾駛而過，巴士站的人也換了十幾批之後，我們終於來到巴士站。

　　「唏！靚仔！」毒男突然向著巴士站一個跟他年紀、打扮都相若的男生大叫起來。

　　「喂，你搞乜？」Leon問。

　　「叫下睇下啲人聽唔聽到，如果聽到可能會救我哋。」毒男答。

　　「好明顯我哋連把聲都細埋！」Leon道。

　　「小心佢郁下隻腳就踩扁你呀！」我提醒他，他聽罷立即後退了幾步。

　　「喂，你哋睇下，後面排第三嗰個阿叔有個行李喼，我哋不如爬上去。」Leon道，說罷我們又起步前行。

　　來到行李箱旁邊，Leon率先身手敏捷地沿輪子爬了上去，然後伸出右手向我大叫：「抱個女上嚟！」

　　我雙手托著子萱遞向Leon，幸好她沒有鬧彆扭，而Leon也成功拉了她上去安坐在行李箱上一條突出的邊上。

　　之後，Leon也把我和子俊都拉了上去；正當他要拉毒男上來之際，剛巧有一輛巴士靠站，把毒男吹得跌倒在地上。

　　「毒男！」我一時情急把這個我內心一直在想的花名叫了出來。

　　他雖然伏了在地上，卻大聲抗議著：「邊個毒男？」

　　這時候，行李箱開始被阿叔推動著，使得我們在上面的人差點掉下來。

　　「哇！」我們齊聲發出了驚叫。

　　「好在個行李箱面頭係布面，快啲捉實啲線！」Leon大聲說，我趕緊依他的說法抓好，同時用身軀護著子萱，Leon也幫忙保護著子俊。

　　阿叔邊推著行李箱，邊慢慢地向前走，當我們都穩住了身子後，我才想起毒男還未上來，可是當我望過去他剛才跌下的方向，卻已不見了他的身影，只見一個女人踏在那個位置上⋯⋯

27

遙遙

遙遙

看著眼前的情況，我不禁流下了幾滴淚，也許過一會兒，我們的結局都會和毒男一樣。

「等埋呀！」

突然，一把聲音從那女人的高跟鞋底傳來，只見毒男在鞋跟與鞋頭之間的空隙爬出來，然後攀上了高跟鞋鞋跟上方的蝴蝶結。

「小心啲呀！」Leon大叫。

「冇問題！捉……捉得好實！」毒男大叫著回應。

可是，就在這時，阿叔把行李箱搬上巴士，令整個行李箱傾斜起來，我不夠氣力抓緊，一下子整個人被拋了出去。

「哇！」

「媽咪！」子萱大叫，同時我見到她也跟我一樣被拋了出來。

我感到自己跌到了在地上，卻不怎麼疼痛。我驚魂甫定地爬起來，見到子萱也跌了在我身旁，她也似乎沒有受傷。

我抬頭四處張望，幸好我們跌了在巴士內，乘客魚貫上車，我連忙拖著子萱站到一旁去，以免被人踏到。

這時，那穿高跟鞋的女人踏上了巴士，只見毒男跳了下來，險象橫生

地走向我們：「喂，師奶，做乜得......得你兩個嘅，機師同......你個仔呢？」

「邊個師奶呀？」我瞪著他問。

「哼！你......你都叫我毒男啦！」

我眨了眨眼才回答他：「頭先我同個女捉唔實個唸拋咗出嚟，好彩上到巴士咋，佢哋兩個而家應喺行李架度。」

我剛說完，巴士就關門徐徐開出，這時候見到Leon拖著子俊向我們跑過來。

「媽咪、妹妹！你哋冇事嘛？」子俊邊跑邊嚷著。

「冇事！」我把兒子抱入懷中道：「真係奇怪啦，頭先我同子萱咁高跌落地，竟然咩事都冇嘅？」

「嘿！」毒男突然自信地托了托眼鏡道：「咁係因為Force = Mass × Acceleration，我哋個Mass咁細加上空氣嘅阻力......」

「唏！唔好講呢啲住啦！」Leon打斷了他的話：「我哋一陣係唔係喺彩虹站落車呀？」

「係呀！」毒男說。

遙遙

「咁去到彩虹之後又點？」我問。

「之後……之後……我都唔知呀！」毒男攤開手道。

「媽咪！我想返屋企！」子俊拉著我的衣袖道。

「我都想！返屋企！」子萱也嚷著。

「係咁，我同Leon不如送咗你哋三母子返去先啦！」毒男道，Leon也點點頭。

我感激地說：「好呀，或者我哋返到屋企之後，可以搵我老公幫手諗辦法！」

「不過，你住邊喫？彩虹站有冇車去你屋企？」Leon道。

「我哋住長沙灣幸俊苑，不過我都唔知有咩車去，我平時都係坐港鐵多。」我說。

「唉，最衰個手提電話開唔返，唔係就可以上網查啦！」毒男說。

「見步行步啦！或者等夜啲港鐵冇咁多人嗰時，我哋去搭會安全啲，唔係一定畀人踩死呀！」Leon說。

我們說著說著之際，巴士終於來到彩虹站，由於毒男說的甚麼「Force = Mass × Acceleration」，我們都直接從巴士落客門邊跳到

地上。果然，落地的一刻真是毫不疼痛。

「唉，平時呢度行入港鐵站好快，但係而家我哋咁嘅款真係有排行！」毒男嘆著氣道。

「好餓！」子萱突然鬧彆扭。

「其實……我都好餓……」Leon撫著肚子說：「我哋可以去邊搵啲嘢食下呢？」

說時遲那時快，毒男指了指路邊一個透明的麵包袋道：「睇下！入面咁多麵包碎，夠我哋食到飽晒啦！重可以又食又拎添！」

28

悲痛

悲痛

的確，我們現在最需要解決的是肚子餓的問題，畢竟彩虹距離長沙灣那麼遠，以我們現在的身軀，真的不知要何年何月何日才到達，要是不解決食物的問題，未到達前恐怕我們都已餓死了。

可是，即使是肚子餓也不可以亂來，我道：「而家條路咁多人行，如果我哋捐咗入個袋食嘢，而有人行過踩到個袋，我哋咪走都走唔切？」

「呀！師……師……師奶，你今次有啲見地！」毒男托托眼鏡說。

我裝著生氣瞪了他一眼，卻沒有哼聲。

Leon道：「一係我哋搵個安全啲嘅地方坐下先，等夜啲冇咁多人先入去食麵包。」

於是，我們一行人找了個角落，用廢紙屑鋪在地上坐下休息，靜待用餐的時間。

說真的，這時大家心情都不太好，但Leon和毒男仍努力逗子俊、子萱開心，其實於他們來說，我們都只是無關痛癢的陌生人，可是他們卻願意送我們回家，我的內心著實無言感激。

街道上人來人往，每個路人的雙腳在我們面前踏著急速的步伐，有些人的手提著名牌公事包，但鞋子卻顯得破舊；有些人的步伐帶著疲累；有些人的腳步急速，臉上卻是一張倦容……我從來沒有想過自己會以這樣的視角去細看香港和香港人。

氣溫漸漸降低，路人慢慢變少，一個路人垂下的手戴著手錶，上面顯示的時間是晚上11:43。

「我諗我哋終於可以食嘢啦！」Leon有神沒氣地說，我想他也很肚餓。

我輕輕拍醒伏在我大腿上睡覺的子女，然後抱著子萱跟在毒男身後，而Leon也幫忙拖著子俊向麵包袋走去，我們鑽進那個膠袋裡，感覺就像鑽進大帳蓬中，在裡面我們狼吞虎嚥地吃著麵包碎。

我從來沒有想過，自己會吃麵包碎吃得如此津津有味，我不只大口大口地吃著，更把一些麵包碎袋進口袋中，同時嚷著：「你哋都袋啲之後食啦！」

「使……使你講？」原來毒男的衣袋已塞得脹脹的了。

因為餓了太久，我們都沉醉於眼前的「美食」中，突然，子俊在我旁邊驚叫起來：「媽咪！媽咪！」

我立即看過去，竟見到一隻德國大蟑螂正在袋口的位置用觸鬚探索著。

「仆街，如……如果佢入咗嚟，我哋咪困獸鬥？」毒男也大叫起來。

悲痛

　　雖然蟑螂在袋口的位置還未踏進來，可是這兒有食物，牠是一定會走進來的！我們只有衝出去才是一條活路！

　　縱然大家都知道這道理，可是雙腳卻不由自主地向後退；那蟑螂的觸鬚探進了袋子內，只要牠踏前幾步，那噁心的觸鬚就會觸碰到我們。

　　「點算呀？」我慌張地大叫起來。就在此時，一陣風刮起，把麵包袋吹得微微翻滾起來。

　　「哇！」我們在搖晃著的膠袋中完全站不起來，我一手緊抓著膠袋一手拉著子俊，Leon則幫忙拉著子萱。

　　膠袋翻了幾下便停了下來，幸好有這一陣怪風把膠袋跟蟑螂的距離拉遠了，但當我們看出去，發現蟑螂沒有放棄，牠正重新向我們走來！

　　「趁……趁而家快啲……走啦！」毒男邊大叫邊向前跑去，其他人也紛紛跟上去。

　　可是，就在這時，一陣怪風又吹來，我們紛紛跌倒，膠袋被吹得在半空中向下傾斜，跑在前方的子俊瞬間向下滑去，他滑過抓著膠袋的毒男身邊，毒男想伸手去抓他卻不得要領。

　　「子俊！」我不假思索地鬆開了抓著膠袋的手，急速向袋口滑去。

失蹤航機

我眼睜睜看著子俊離開了膠袋掉了下去，當我打算跟他一起下去時，一隻手抓住了我——是毒男！

「喂！我要落去搵我個仔呀！」我掙扎著抬頭看他，卻見他面色鐵青地看著地面。

一陣怪風又吹來，膠袋又被吹高了一點、飄遠了一點。我低頭去看，只見那蟑螂的嘴巴上掛著子俊破爛掉的褲子，地上有一隻他的球鞋。

我的眼淚失控地流下來，淚珠被風吹得亂飄。

我真想了結自己算了。

29

重新出發

29
重新出發

　　我不知道自己哭了多久，只知道風停了下來，膠袋停了下來，一切都停了下來。

　　「媽咪，哥哥呢？」我聽到子萱不停問我，可是我沒法回答他。

　　「師……師奶，你振作啲呀！」我聽到毒男不停叫我，可是我沒法回應他。

　　過了不知多久，我抬起頭來，我已被他們拉出了膠袋外。我看著夜空，天空比平時高比平時遠，我不知道我的兒子已在天上的哪一方。

　　「咳！太太，你節哀順變啦！你……」Leon向跌坐在地上的我說，我茫然地看著他，可是我好像聽不清楚他在說甚麼，我耳邊竟然聽到子俊的聲音：「媽咪！媽咪！」

　　我一定是瘋了，我一定是有幻聽，可是他的聲線是這麼實在。

　　「咦，好似聽到啲聲咁……好似叫『媽咪』？」毒男說。那麼，那不是我的幻覺……？

　　我站起來搜索著聲音的來源，慢慢向聲音的方向走去。

　　「媽咪！媽咪！」聲音愈來愈大，我的腳步愈來愈快，我快步走去，見到在一張廢棄的傳單下有東西在動！我用盡氣力移開傳單，眼前站著的是子俊！是我的兒子子俊！

失蹤航機

他光著下身和左腳，可是看來並沒有受傷。

「子俊！子俊！有冇整親呀？對唔住，媽咪冇好好保護你！」我撲上前一把抱住了他，這時Leon和毒男也帶著子萱前來。

「哥哥！」子萱大嚷著。

「細妹、媽咪，我冇事呀！」子俊乖巧地說：「媽咪，我識照顧自己，我大個仔！」

「你......你個死仔......想嚇死人咩？你點......點走得甩㗎？」毒男說。

「頭先隻小強本來咬住我條褲，突然又一陣大風吹過張傳單，我咪捉實張傳單吹走咗，但隻鞋同條褲就......就冇咗......」他害羞地拉著上衣。

這時，Leon脫掉身上的制服外套披了在子俊身上，長長的外套足以遮蓋到膝蓋的位置。

「哇！哥哥係機師！」子萱開心地說。

子俊笑了笑，卻又低頭看看自己沒穿鞋子的左腳。

我笑著蹲下來想把鞋脫掉，這時毒男卻遞上了他的左邊鞋子道：

重新出發

「你⋯⋯你唔係叫個仔著女裝下嘛⋯⋯子俊著我呢隻先啦！」

我擦了擦臉上的眼淚，向他連聲道謝。

雖然毒男的鞋子對子俊來說有點太大，但用力縛好鞋帶後還是勉強可行。

「好！咁我哋而家又出發啦！」Leon道：「我哋要去港鐵站！」

現在街上的行人十分少，我抬頭看那些住宅大廈，大部分單位都已關了燈，現在想必已是深夜。

大概毒男也察覺到這點，道：「而家⋯⋯可⋯⋯可能冇車搭啦⋯⋯」

我嘆了一口氣，Leon說：「不過我哋而家開始行去車站，都要行好耐，話唔定啱啱好搭到聽朝冇乜人嘅頭一班車呢？」

「都好，咁開始行啦！」我說。

晚上的街道雖然行人稀少，我們不用太擔心被踏到，可是來自昆蟲和老鼠的威脅也不是不恐怖的。

還好我們邊走邊不住四處觀察，每次都能及時躲避，就這樣走走停停間，當天色漸明之際，我們仍未見到彩虹站的入口。

失蹤航機

30

樓 梯

樓梯

　　回望昨夜出發的地方，原來我們花了一晚時間，卻連一條街都沒有走完。

　　「唉！我哋……我哋咁樣行法，幾時先到？」赤著一隻腳的毒男洩氣地道。

　　「本身已經行得慢，重要見到甲由、老鼠就匿埋避開，真係唔知行到幾時呀？」我疲累地道道。

　　「一日唔得就兩日，兩日唔得就三日，就算要一年，我哋都總會去到。」Leon道。

　　經Leon這樣說，我們沉默不語，硬著頭皮繼續前行。路上的行人開始漸多，我們迫不得已又在路邊的暗角休息著。

　　就這樣日復日地向港鐵站走去，也不知走了多少天，中途遇過多少危機，吃過多少掉在地上的食物碎屑，終於在一個清晨，我們來到了彩虹站的入口。

　　「終於到啦！」也許是相處了這麼多天，毒男跟我們說話時終於不再結結巴巴了。

　　「趁條街重未太多人，我哋快啲搭車啦，晏咗多人好危險！而且……」Leon說了一半卻說不下去。

失蹤航機

　　我們都忘了一件事，當我們站在港鐵站入口向下看，看到那長長的樓梯時，就知道我們可能連今晚的列車都趕不上——天知道我們要花多少天才能走完這道樓梯？又要再花多少時間才到達月台？

　　「喂！另一個入口係唔係有扶手電梯搭？」毒男道。

　　「搭扶手電梯？好似重危險，一陣我哋畀啲機器卡住就弊！」我皺起眉頭道。

　　「咁……即係要行呢條樓梯啦！」Leon邊說邊聳聳肩，然後縱身一跳下了一級梯級。

　　我們就這樣靠著牆一級一級地跳下去，當我們跳了四、五級時，出入車站的人已漸漸多起來，震耳欲聾的腳步聲在我們四周響起，各種鞋子擦身而過，真是驚險非常。

　　「哇！」Leon的慘叫聲在前面響起。

　　仍在上一級梯級的我俯身下望，原來Leon差點被一條鞋帶打到，但他竟借機用力拉著鞋帶，攀上了那人的波鞋上！

　　Leon隨著那人的腳步很快下了兩級，他向我們大叫：「咁樣落樓梯快好多！」

樓梯

　　我們本也想學他那樣，可是不消兩秒，我卻見到Leon被甩了開去，被拋起在半空中。

　　我們幾個同時驚叫起來，只見Leon被拋起跌在另一個人的鞋面上，可是那是一隻光滑無比的皮鞋，根本沒有他可以緊抓的地方，所以他很快又再次被拋起，這次跌了在地上。

　　然後一隻大腳踏了上去。

　　「Leon！」

失蹤航機

30
樓
梯

31

乘車

乘車

「Leon？」我期望他從哪兒鑽出來，就像上次毒男大難不死一樣。

可是當我們大叫了幾聲，仍然沒有聽到他的回應，而毒男跳到下一級俯身向Leon最後出現的地方張望後臉色變得鐵青時，我就知道，Leon已沒救了。

「唔好望嗰邊，我哋行遠少少……」毒男說罷靠著牆邊嘔吐大作起來，他的嘔吐聲夾雜著哭泣聲。

「機師哥哥佢……」子萱抿著嘴唇道。

「冇事，子萱唔使驚！」子俊說。

我不知為何哭不出來，但心好難受，喉嚨有一陣苦澀的味道湧上來，想說點甚麼卻一點也說不出，也不知自己在想著甚麼。

眼前無數的人影晃動著，我只知道待毒男嘔吐過後，我們又再次起程，毒男幫我拖著子俊，我拖著子萱，當經過Leon出事的那個梯級，我們都別過面去不想看到。

我們就像只餘下軀殼的行屍走肉般，沒有思想沒有情感地向前走，我們怕一旦觸及情感，情感就會爆發出來一發不可收拾，意志力一旦崩潰，就難以再走以後的路。

不知過了多少天，我們日日夜夜下著樓梯，依靠撿回來放在口袋的食

物碎屑來填飽肚子；當我們終於走完了樓梯，又花了不知多少天徒步走過彩虹站那三個黑色跳舞肥婆的雕塑時，我們終於累得跌坐在雕塑的腳下。

由於我們相信沒有人會踏在雕塑上，加上時間已是晚上，乘客較少，我們都安心地在雕塑的腳下休息。

「哈，呢三個肥婆，喺《彩虹站多出來的路軌》本書入面，係操控鬼門關嘅神嚟。」毒男試著說些無聊話題來分散大家的哀傷。

「你都有睇張篤啲書嘅咩？我老公都成日睇，我就冇乜興趣，個女作家好似好麻甩咁。」我故作輕鬆地說。

「喺佢個故事入面，走咗嘅人可以喺另一個世界好好生活，我諗……Leon都一樣，終有一日我哋可以再見。」他說。

我點了點頭，輕拍著已睡了的子萱和子俊，我真想快點帶他們回家，好好地躺在床上休息。

我跟毒男聊著聊著也各自睡去，到了午夜，站內更是寧靜得很，讓我們得到充分的休息後再次起程；我們走到通往月台的樓梯，又開始艱辛地下著樓梯，不知過了多少天，我們終於成功抓著一個女人的長裙，搭上了開往黃埔站的列車。

乘車

「好想快啲見到爸爸。」子俊抬頭對我說，此刻我們正躲在門邊玻璃下的暗角。

我撫著他的額頭，想起我們已離家數月，丈夫一定十分擔心，現在我們才在往黃埔的列車上，到要回到家中，恐怕又要數個月之後了。

不消一會，列車來到太子站。

「快啲啦！我哋要轉車！」毒男大叫著，想抱子俊去抓住一個人的鞋帶。

「小心呀！」大量乘客湧出車廂，情況十分危急，眼見子俊抓不穩鞋帶，人們又從毒男後方湧來，我驚慌得大叫起來。

「呀！」

失蹤航機

32

幸運

幸運

　　隨著子俊的一下驚叫，他本來抓住在手中的鞋帶滑了出來，他和毒男向前跌倒在地上。

　　一隻鞋子正向他們踏去，但卻瞬間停了下來。

　　「咦！媽咪，地下有兩隻好怪嘅蟲！」一個女孩說，那本來將踏向毒男和子俊的鞋子是屬於她的。

　　「唔好理啦！快啲落車！」她的母親一把抱起她跨過月台空隙下車去了。

　　毒男和子俊逃過一劫，立即爬起身向我們跑去，我們再次在安全的角落聚在一起。

　　這時，月台上的乘客卻開始擠上車。

　　「點算呀？我哋要落車呀？」子俊嚷著說。

　　我緊緊地擁著他道：「呢個站落唔到就下個站啦！」對於剛才又險些失去兒子，我確是猶有餘悸。

　　毒男摸摸自己的額頭，驚魂甫定地說：「係啦！我哋去到旺角站或者油麻地先轉車都得。」

　　我點了點頭，錯過了轉車站不要緊，遲點回家也不要緊，最重要是大家都不要再有事。

之後，我們又錯過了擁擠的旺角站，連油麻地站都錯過了。

「唉，估唔到落車難過上車咁多！」我道。

「睇嚟我哋要去到黃埔站等班車返轉頭先得啦。」壽男道。

我聳聳肩，有很多事情，確實是乾著急也沒有用的。

「嗨，我哋邊個站落車呀？」一個女生在黃埔站上車，問她的男朋友道。

「旺角轉啦，長沙灣落車。」男生答。

「喂！佢哋去長沙灣喎！」壽男說。

「正喎！我哋不如爬上個女仔隻波鞋上面，咪可以跟實佢哋去到長沙灣？」我道。

命運有時會作弄別人，但有時也會給予人一點甜頭。

由於車廂內的人不多，加上這女生正正站在了我們前方，我們很輕易地便爬上了她的球鞋面。

「噢！」壽男突然面紅耳赤起來。

「咩事？」我問。

幸運

他漲紅了臉指指上方，我抬頭一看，是女生的裙底春光。

「唉！等我哋變返正常，我介紹女仔你識啦！咪再成個毒男咁！」我笑說。

「我……我……我……」他說話又開始結結巴巴起來。

接下來的旅途都十分順利，我們終於來到長沙灣站，女生正沿著扶手電梯離開車站上地面。

「諗……諗下真係好……好彩！如果唔係黐實呢個……呢個……呢個女……女……女……女仔，我……我……我哋上樓梯都唔……唔知……知點上……」毒男還未停止臉紅。

我卻是有點憂心地道：「但係佢呢個出口出到去距離我屋企好遠，有排行呀！」

失蹤航機

33

瘋子

瘋子

「媽咪！我認得呢度啦！我識路返屋企啦！」子俊道。

我蹲下來撫摸一下他的頭，道：「子俊大個仔，如果……如果媽咪唔喺度，你要帶妹妹返屋企搵爸爸。」

子俊聽罷抿了抿嘴唇，道：「我會，我會保護好媽咪同細妹，一齊返去。」

毒男睨視了他一眼，道：「保……保護埋我好喎！」

子俊道：「好，保護埋毒男哥哥。」

「吖！我唔係毒男哥哥，我叫Jacky！」他說。相處了這麼多個月，我才第一次知道他的名字。

我們站在長沙灣道的路邊，平時從這兒步行回家約需十分鐘，可是這路程現在對我們來說就像是幾十公里的路，還未計算中途要覓食、休息和避開人群、昆蟲、老鼠及各種危險的時間。

可是既然已來到長沙灣，已是接近成功的一大步了。

我們沿著長沙灣道走，到了某一天，當我們在麵包店門前尋找食物時，一個黑影突然籠罩著我們，抬頭一看，一個男人正蹲下來疑惑地瞪眼看著我們。

我認得這個男人！他經常在長沙灣出沒，在街頭沒頭沒腦地大叫大嚷，應該是一個精神有問題的男人。

此刻我僵著身子不知怎麼辦，子俊、子萱見狀也不敢作聲，毒男卻興奮地大力揮著手，蹦跳著大叫：「救我哋呀！我哋係人嚟㗎！」

「喂，依我哋經驗，我哋而家把聲都變細埋，佢根本唔會聽到你講嘢。」我仍是僵著身體道。

只見那男人的眼睛愈瞪愈大，嘴巴也愈張愈大，他先是喉嚨發出幾下怪聲，然後大聲地驚叫起來！

「有小人！有小人！」他站起來向街上的路人大叫著。

他不停邊指向我們邊大叫，卻沒有人關心他指向甚麼，只是或驚惶或厭惡地躲開。

這時，麵包店的老闆拿著掃帚衝了出來道：「走呀！唔好喺我門口嚇走晒啲人呀！」

「有小人！有小人！」

「你咪小人囉！痴線佬！阻住我做生意，過主啦！」老闆揮動掃帚怒叫著。

瘋 子

　　我們僵立在原地，卻沒有人因為那男人的驚叫而看我們一眼。

　　而那男人最後還是被趕走了，然後老闆唸唸有詞地垂低拿著掃帚的手。

　　「有小人！你個痴線佬咪小人囉！」他邊抱怨邊用掃帚猛地掃了過來。

　　「哇！走呀！」毒男一把推開了我們，當我回頭看時，只見他被掃帚掃倒，淹沒在塵埃和垃圾中。

失蹤航機

34

娘娘

娘 娘

「毒男哥哥！」子俊、子萱大叫。

麵包店老闆把掃帚擱在店舖門口，然後便一臉不滿地回到店內。

當揚起的塵埃落定，毒男的身影已不見了。

我緊皺眉頭忍著眼淚，哽咽著輕聲叫喚：「毒男？毒男？」

突然，眼前一團大大的塵埃抖動起來，然後左搖右擺地向我們滾動過來，大塊大塊的塵埃抖了下來，只見毒男眼鏡也歪掉，一臉污垢地看過來。

「毒男哥哥！」子俊、子萱大叫著擁了過去：「好在你冇事咋！」

「哎呀，我好污糟呀！唔好攬埋嚟！」毒男說，他再次撿回一命後，竟又再沒有了說話結結巴巴的情況。

我「噗」一聲笑了出來，道：「我哋流浪咗咁多個月都冇沖過涼，大家都係咁污糟。」

「唉，快啲返你屋企，等你哋一家團聚，我都想借啲水沖涼。」毒男拍拍身上的灰塵。

「咁快啲行啦！」子俊道。

失蹤航機

我們又重新出發，也許我們已漸漸適應這個微細的身體，經過了接近一年的時間，我們行動也比較自如，甚至會撿拾地上的木屑去攻擊襲來的昆蟲，也會在冬天的時候用地上的報紙紙屑包著身體保暖。

終於，我們在7月到達了我所居住的幸俊苑，成功進入了所住大廈地下的升降機大堂。

「喂，今次大劑。」毒男說。

「都嚟到呢度，有咩大劑？」我問。

「我哋點入軑？下面有條罅，好易跌入軑槽㗎，就算我哋又拉住人嘅鞋帶入去，都唔夠高撳樓層啦！」他的說話不無道理。

「咁我哋……」我正在思考之際，毒男突然驚恐地看去我的身後，然後張大嘴巴指著。

「媽咪！」我聽到子俊大叫，但我還未搞清楚發生甚麼事，眼前就突然毛茸茸的一片。

「乞嚏！」我的鼻子突然很癢。

「娘娘！」我聽到子萱大叫，同時一條粉紅色的、黏黏糊糊的東西舔得我全身都是水。

娘娘

「娘娘？」我拉著淺棕色的毛髮用力探頭出去，見到的是一隻尋回犬，牠是住在我家樓上陳師奶一家所飼養的，平時我出入遇到牠的話，子萱和我總愛逗牠玩。

「娘娘，你認得我呀？」我大聲叫，牠竟輕輕發出「嗚嗚」聲，好像是回應我一樣。

「娘娘，幫下我哋！」子萱也拉著牠的毛髮爬了上來。

只見娘娘稍俯下身，好像示意壽男和子俊也上來一樣。

「喂，得唔得㗎？我好驚狗！」壽男說。

「上嚟啦！」子俊拉了他一把，終於雙雙爬了上來。

這時，升降機門打開，陳師奶大聲說：「入較啦！娘娘！」我們便隨娘娘成功進入升降機。

「喂！但都係唔夠高撳樓層㗎喎！咁點呀？」壽男一進入升降機便說。

「哇！」說時遲那時快，娘娘突然大力地搖動著身體，我們都差點被牠甩下來！

當我驚魂甫定，才發現牠是跳起幫我們按了我所住的樓層！

失蹤航機

「喂！娘娘！你唔乖呀！」陳師奶大罵著。

「靠得住喎！」「娘娘乖！」壽男和子萱卻是連聲稱讚。

失蹤航機

35

追查

35
追查

Did Did 姐用特殊的擴音機，讓我們都可以聽到Tony太太敘述這段日子的經歷。

待她敘述完，Tony看著他們說：「好多謝呢位先生送我老婆仔女返嚟。」

「爸爸，重要多謝娘娘！」子萱說。

「係呀，娘娘重帶埋我哋出軌，搞到佢畀陳師奶鬧！」子俊說。

「係，不過如果唔係有呢位哥哥，你哋都未必返到嚟。」Tony說。

「唔好咁講啦，其實我而家最想沖個涼先。」壽男說。

「嗯，咁我去搵個碗仔裝啲暖水畀你沖涼，但係......但係就冇衫啱你著......」Tony邊說邊到廚房拿碗。

「唔緊要啦，起碼洗一洗舒服啲先。」壽男道。

待Tony去了協助壽男，Tony太太也抬頭對我和Did Did 姐說：「多謝你哋幫手搵我哋。我先生唔係好細心嘅人，好彩你哋發現我畫嘅鶴圖案有啲特別，所以先發現到我哋。」

「唔使客氣。」我微笑著。

失蹤航機

這時Tony從廚房走出來，道：「但係……點先可以幫佢哋變返正常？」

我說：「先要知道點解會咁，某國政府想隱瞞呢件事，係唔係因為件事係佢哋引起，例如係咩軍事秘密之類？」

Did Did姐突然滿有自信地說：「放心，好快就水落石出。」

說時遲那時快，Tony家的門鈴突然響起。

Did Did姐說：「線人到。」說罷她逕自去開門，進來的人竟然是阿雪！

我目瞪口呆地反應不過來，但Tony已大喝起來：「你出賣我哋，重上嚟做乜？」

阿雪托了托眼鏡，撥了撥前額的瀏海，淡定地道：「冷靜啲，我同Did Did姐啲演技唔錯喎？」

「吓？」我跟Tony異口同聲地驚呼。

「呢個衰妹點會出賣我呀？而家佢錢又收到，又埋到某國政府啲人身查呢件事，唔係一舉兩得咩？」Did Did姐一臉自豪地說。

追查

「即係所有嘢都係Did Did姐你安排？」Tony問，Did Did姐和阿雪微笑著點了點頭。

「係咁，到底有咩陰謀？啲藍光係唔係咩軍事機密？」我著緊地說。

「係囉，阿雪，你查到啲乜？」Did Did姐道。

阿雪道：「其實件事……重係好唔明朗，你哋唔好太有期望。」

Tony道：「咩意思？」

阿雪皺了皺眉，道：「某國政府想隱瞞件事，事實上，知情嘅人本來已經好少，甚至有啲……已經被暗中滅口。」

「What？」Did Did姐突然說起英文來。

「呢件事，已經入咗不思議機密檔案，同當年丁利華失蹤事件一樣，有消息話相信兩件事係有關。有關方面唔想宣揚迷信，亦費事影響香港形象，所以先千方百計隱瞞件事。」阿雪攤了攤手道：「至於點樣先可以變大返，暫時嚟講……似乎冇人知。」

「咁……我老婆仔女唔通一世都係咁？」Tony道。

Tony太太道：「老公，至少我哋可以一家團聚，我相信總有一日，

我哋會變得返正常。」

Tony皺皺眉，過了半晌才點點頭，似乎是在無奈地接受現實。

「咁又唔使咁絕望嘅！」我道。

Tony驚訝地看著我說：「唔通篤姐你有方法？」

我笑了笑，望向Did Did姐說：「你唔會見死不救啩？」

「我？我邊識救呀！我係偵探唔係科學家！」她不滿地說。

我聳了聳肩道：「但你有高於常人嘅IQ，而且你諗下，以前都有唔少人喺西貢失蹤，更有傳聞話西貢有結界，但照而家咁睇，啲失蹤人士好大可能係畀藍光變細咗，而唔係有啲咩結界，如果你咁都搞得掂，你間偵探社以後就唔使咁霉，生意滾滾來啦！」

「咩霉呀？你......」Did Did姐抗議起來。

「Did Did姐一定搞得掂，你哋睇住嚟啦！」阿雪也激動道。

Tony一家聽罷十分高興，異口同聲道：「咁我哋等你好消息啦！」

Did Did姐斜睨著阿雪：「你冇咩理由會中篤姐呢啲低級圈套。」

35

追查

只見阿雪伸了伸舌頭：「我想查呀！」

Did Did姐擺一擺手道：「好啦！咁我哋再去西貢睇睇。」她說罷瞪了我一眼：「你都要去！」

我學阿雪伸了伸舌頭，同時點了點頭。

失蹤航機

36

藍光

36

藍光

　　為了追查藍光的真相，Did Did姐、阿雪和我又開始了每晚在西貢露營的日子。

　　至於毒男，Tony送了他回去見父母，父母能再見到兒子自是喜極而泣，同時也只可期望事情真有解決的一天。

　　不經不覺，這晚已是我們在西貢的第四十個晚上，過去四十天，我們只看到過藍光三次，不過總算因此縮窄了範圍，確定藍光是在西貢蛇石坳附近出現。

　　「你哋知唔知？西貢蛇石坳就係都市傳說話有結界嗰度。」阿雪用睡袋套著自己，背靠我坐著，看著遠方的星空。

　　「我當然知啦，之前寫小說搵資料都見過人講。」我說。

　　「到底藍光係大自然嘅神秘力量，定係人為？」Did Did姐輕聲說。

　　「如果係人為，又係為咗啲乜？唔通係為咗……」我道。

　　話未說完，一道藍光突然在眼前不遠處出現，直射向天際。

　　「出現啦！」我大叫起來。

　　Did Did姐和阿雪幾乎是以光速般彈跳起來，跑了在我前方：「好近喎！唔夠一公里！」

我喘著氣拼了老命跟著她們跑，撥開叢林的大樹枝，穿過巨形的樹葉叢，藍光也距離我們愈來愈近。

「到啦。」她們二人突然停下了腳步。

我探頭一看，在我們面前的是一個普通至極的泥土地，但其中約兩米直徑的泥土上，竟射出了一道藍光。

「點解啲泥會發光？」我呢喃著，像是被甚麼吸引似的步向前。

「篤姐！」阿雪拉了一拉我的手。

我回頭看她，她道：「你再行前就會畀啲光射到㗎啦！」聽她一說，我才如夢初醒般清醒了過來。

「阿雪，記錄低位置。」Did Did姐邊說邊拍下眼前的景象。

阿雪則記錄了GPS位置，同時在附近的樹上掛上記號。

過了半晌，Did Did姐才道：「我哋總算搵到藍光嘅起源，我會試下搵科學界嘅朋友問問，希望可以幫到毒男同埋Tony嘅屋企人變返正常。」

我和阿雪點了點頭，接著她們再仔細觀察了附近的環境，可是並沒有特別的發現，是以我們便回到露營的地方收拾行裝回去。

36

藍光

接下來又過了一個月，這個月我們不再每天到西貢守候，我終於有時間好好創作新的小說。

「篤姐，你好耐冇交稿啦！」電話另一端是出版社的謝先生。

「係嘅，係嘅，我......我寫緊㗎啦！」我道。

「要努力啲啦......你......」他的說話被打斷，是另一個來電的通知聲。

「呵呵......有電話入，係咁啦，拜拜！」我連忙掛了謝先生的來電，然後接通了另一個來電。

是Did Did姐的聲音：「半個鐘後，Tony屋企等。」

「喂喂......」我想回應時，她已掛了線。我聳了聳肩，看著電腦屏幕上才打了兩行字的小說，我不禁吐了一句：「冇辦法啦！救人要緊！」

半小時後，我已身在Tony家門外按著門鈴。

「篤姐。」打開門的是阿雪。

我放眼看過去，只見Did Did姐、Tony都在，而飯桌上也站著四個小人，雖然因為太小而令我看不清，但也可以猜到他們就是Tony的家人和毒男。

「時間關係，我哋都接埋毒男嚟。」阿雪解釋。

我點了點頭，然後急不及待地問Did Did姐：「係唔係有咩進展可以幫佢哋還原？」

Did Did姐卻是搖了搖頭：「我同阿雪都問過唔少人，佢哋有部分覺得我哋癲咗，有部分就似乎對嗰啲藍光一無所知，但有一位就......」

「有人知？」我問。

這回輪到是阿雪搖了搖頭道：「佢話佢唔知，不過就提我哋最好唔好咁多事，話知太多對我哋冇好處。」

「係咁......即係話......佢哋都唔可以變返以前咁？」Tony抖顫著聲音問。

「咁又唔係......嗯，不如我哋一齊去現場，我再解釋畀大家知。」Did Did姐道。

失蹤航機

37

裝 置

裝置

　　當天晚上，我們一行人來到藍光之前出現的地方；不過這時候並沒有藍光，幸好阿雪仔細地記錄了位置，我們才能來到。

　　「你哋睇下，地上呢個位置，就係藍光出現嘅位置。」阿雪比劃著向眾人解釋，Tony同時把口袋中的家人和毒男取了出來捧在掌心，讓他們都可以一看究竟。

　　「雖然嗰位科學界嘅朋友提我哋唔好多事，但係佢話喺藍光嘅附近挖掘，可能會有發現，亦可能會有復原嘅方法。」Did Did姐道。

　　「可能？」毒男道。

　　Did Did姐點點頭：「嗯，只係可能。」她說罷拿起其中一枝早準備好的挖泥工具，彎下身開始挖掘，然後阿雪也同樣用工具翻著泥土。

　　Tony一家和毒男一臉消沉，我拿起了一枝工具遞給Tony道：「真相係要挖掘，先有價值。」

　　他點了點頭，把毒男等人又重新放回口袋，接過工具認真挖掘起來。

　　空氣中只有我們重重的呼吸聲，因為我們都不知道要挖掘的東西會長甚麼模樣、有多大或是在哪裡，所以都只能故亂地東翻翻西翻翻，直到個多小時後，阿雪驚呼了一聲：「呢度！」

　　我們一湧上前，只見在藍光出現的不遠處，那被挖開的泥土下，有一面光滑的銀色金屬。

失蹤航機

　　Did Did姐緊張地掃開上面的泥土，可是金屬的面積似乎很大，我們都幫忙一起翻開泥土及再挖掘，才發現那金屬是一台足有五米直徑的圓形平面狀機器。

　　機器泛著銀光，表面十分光滑，早前我們記錄發出藍光的位置，正是機器的中心點，那裡有一片兩米直徑的玻璃，整個裝置看來，就像是一台大電燈。

　　「呢……呢部係咩嚟？」壽男從口袋探頭出來問。

　　Did Did姐連忙拍了照，把照片發出去問她那個不願多說的朋友。

　　過了半晌，Did Did姐才皺著眉頭道：「佢話其實佢都唔知個機器係點操作，只係叫我哋小心啲。」

　　「搞錯呀！信唔信我打佢呀？」阿雪氣得大叫大嚷起來。

　　「阿雪！」Did Did姐瞪了她一眼，然後嘆了一口氣：「我好了解呢個朋友，如果佢可以幫忙，佢一定會幫，否則佢一定係有非常大嘅苦衷。」

　　這時，我蹲了下來撫著金屬表面，突然我摸到一條小縫隙，再仔細掃了掃表面的泥土，果然那兒是有一塊接合上去的金屬片。

　　「咔！」我輕推了一下，那金屬片就被推開，現出了內裡的東西。

37

裝置

「喂！點解你識開嘅？」Did Did姐驚訝地問。

我難為情地說：「嗯，我見佢好似我屋企啲家電裝電池嗰個位，所以咪推下……」

阿雪傻眼道：「果然係師奶……」

「你哋睇下！」Tony打斷了我們的說話，指了指金屬片本來蓋著的地方，那兒有兩顆按鈕，一顆紅色，一顆藍色。

我呢喃著：「會唔會……藍色掣就係藍光，紅色掣就係紅光？」

Tony也道：「如果藍色掣係縮小光線，咁紅色掣會唔會係變大？」

我們面面相覷，一時間也不知如何是好。

「按道理，本身呢部機器係埋喺泥下，平時呢兩個掣應該唔會有人撳？咁平時啲藍光又點解會出現？」Did Did姐試著推理。

「會唔會係有人遙控？」我道：「就好似我屋企部電視咁，要開關嘅話，可以用遙控器，又可以直接撳電視上嘅掣。」

「唔……講得幾有道理，果然係師奶。」阿雪道，令我不由得又瞪了她一眼。

「係咁，我哋而家點好？」Tony問。

失蹤航機

這時，Tony太太終於開口：「試下啦，試咗可能絕望，但唔試就咩希望都冇。」她說罷撫了撫子萱和子俊的頭，又道：「你哋話係唔係？」

子萱和子俊乖巧定點了點頭。

Did Did姐重重地呼了一口氣，上前把一包紙巾放了在機器上的玻璃位置，然後道：「你哋企開啲啦。」

「Did Did姐，等我嚟啦。」阿雪上前拉了拉她，再道：「萬一你出咗事，我唔識救你㗎，但如果出事嘅係我，我相信你一定會搞得返掂。」

「阿雪......」Did Did姐道。

「而且，我身手好過你㗎，Did Did姐。」阿雪笑了笑道。

Did Did姐翻了個白眼，無奈地退到了我們身邊。

38

按鍵

38

按鍵

我們在外面看著阿雪慢慢蹲下，她在按了那個藍色鍵後，果然立即身手敏捷地快速退了過來。

只見一束藍色的光芒猛地由下而上射向空中，我們看著那包本來放在玻璃上的紙巾變得愈來愈小，最後小得肉眼都幾乎看不見。

「果然係咁！」我們眾人幾乎是異口同聲地歡呼起來：「係咁，快啲試下個紅色掣！」

阿雪小心翼翼地走上前想再按下紅色鍵，如果我們的估計正確，只要一按紅色按鈕，那包縮小了的紙巾就會變回原狀。

「嗚！」可是就在阿雪走近時，我們四周突然響起了「嗚嗚」的警報聲，而那紅色按鈕竟突然亮起且旋轉起來。

「係警報燈！」阿雪大叫。

Did Did姐也大叫：「伏低呀！」

我們一眾人慌得馬上伏下，只見那機器突然升高了一點，邊緣位置竟露出了一些小孔！

「轟轟轟！」「呀！」「老公！」我聽到好幾下巨響，緊接著是Tony的慘叫聲，然後是他太太的驚呼聲，接著他就倒了在我身旁，痛苦地按著手臂。

234

失蹤航機

「係子彈！」阿雪緊張地叫道，原來那機器的邊緣正發射出子彈！

就在我還未弄清眼前狀況時，我只知自己幾乎是被阿雪推著走，在我向下滾到一個小斜坡前，我回頭看到那台機器冒出了火花。

我一屁股跌坐在小斜坡下，頭髮還插著樹枝，在一片「轟轟」聲中大聲問身旁的阿雪：「咩事呀？」

可是她還未回應，只聽見「哇」的一聲，Tony也被推著滾了下來，然後Did Did姐也閃身跳了下來。

「你哋冇事吖嘛？」Did Did姐大叫著。

「Tony中咗槍呀！」Tony太太竭力地嚷著。

只見Tony緊咬下唇，好不容易才道：「老婆我冇事，只係手臂啫！你同啲仔女有冇受傷？」

Tony太太和仔女同時搖了搖頭。

這時，阿雪從背包中取出了紗布，為Tony一邊包紮一邊道：「紮住等你唔好失血過多先，一陣去搵醫生就冇事。」

「哇，你竟然有急救用品？」我道。

按鍵

阿雪瞄了我一眼道：「我哋呢行有時都會受傷，所以呢啲嘢我都會準備埋。」

這時那些「轟轟」聲已停了下來，Tony太太卻突然驚叫：「弊啦！」

我們眾人都立即望向她，她一臉震驚地再叫道：「毒男呢？」

Tony看看自己的口袋，原來毒男在剛才的一陣混亂中，已跌出了口袋外，不知掉在哪裡。

「毒男！毒男！」我們一邊四處張望一邊大聲呼喊，更檢查了自己的鞋底，幸好毒男沒有在我們的鞋底出現。

我們依靠著電筒的光線，小心翼翼地在斜坡下的草堆和地上找尋毒男的身影，可是卻不得要領。

「唉，睇嚟要爬返上去搵。」Did Did姐道。

幸好，那個小斜坡並不高，方才也僅是剛好能讓我們藏身避開子彈，現在要爬回去也不算太吃力。

我和Tony跟著Did Did姐和阿雪爬上去，爬到上去的一剎那，我們都不禁目瞪口呆，因為那本來好端端的機器，現在已被完全摧毀成一堆焦黑的、冒著黑煙的廢金屬。

「果然係咁。」Did Did姐呢喃著。

「即係點呀？講嚟聽下。」我抗議著。

「部機器嘅保安系統偵測到有外人使用，於是先啟動警報器，然後就發射子彈殺人滅口，最後就係自我摧毀。」Did Did姐道。

「係咁，即係我嘅太太同仔女以後都冇辦法變返以前咁。」Tony輕聲說。

「老公，唔緊要啦。我哋而家最緊要係搵返毒男。」Tony太太道。

我們抖擻精神，再次找尋毒男的身影。

「毒男！」我們齊聲高呼。

這時，在機器的另一端傳來了微弱的叫聲：「咳咳！喺度！」

我們旋即跑過去，只見毒男今天穿著的那套由Tony買的模型人偶衣服掉了在地上，眼前的景象看來非常不妥，因為毒男的那套衣服竟然不再微型，而是正常大小的！

「件衫變大咗！」我驚呼了起來。

這時只見衣服的領口下有東西在移動，不久毒男就探出了裸露的上半身道：「但係我冇變呢！部機壞㗎！」

按 鍵

「發生咗咩事？」阿雪問。

「頭先部嘢突然開晒槍咁，你哋話要伏低，當時我見到部機中間有少少紅光射出，咁啱Tony中槍時我又被彈咗出嚟，我咪借勢喺啲葉上彈彈下，彈咗過去紅光嘅邊緣！不過，我明明成個人都畀紅光射到，但就淨係啲衫褲變大咗！」壽男頓了一頓：「之後部機重自燃起嚟，好彩我彈過嚟時衝力太勁，照完紅光就碌咗去旁邊，唔係真係變燒豬。」

「好彩你冇事咋！」我也不禁替他捏一把冷汗。

「係咁，即係話呢部機根本重未完善，就算照到紅光，都未必可以變返大......」阿雪一臉可惜地說。

「嗚哇！」子萱突然大哭起來，這個乖巧的小女孩，想必是憋了很久，現在終於受不了而哀傷地哭了出來。

星空下只有子萱的哭聲，我們其他人除了沉默，也就沒有甚麼可以做了。

過了良久，Tony太太抱起了子萱，掃掃她額前的亂髮道：「子萱乖，雖然我哋變唔返正常，但係我哋一家人始終喺埋一齊，咁已經夠啦。」

子萱抽了抽鼻子，看得出來她努力忍住了眼淚，然後乖巧地點點頭。

「老婆、子俊、子萱，我會好好照顧你哋，唔使擔心。」Tony情深地道。

「老公，而家最緊要送你去醫院先。」

Did Did姐道：「唔好去醫院啦，去我相熟嘅醫生度啦。」

我們一行人準備離開，卻聽到毒男在後方大叫：「喂！又想留低我呀？畀塊布碎我圍住個身先啦！」

兩天後，我從新聞報導得知蛇石坳發生了嚴重山火，看來是要把本已如廢鐵的機器再徹底摧毀的行動。到底製造這台機器的目的是甚麼？某國政府背後有甚麼陰謀？縮小了的人要如何才能變回原狀？這些問題，即使出色如Did Did姐也沒法找出答案。不過，我們總算幫Tony找回家人，毒男也由他的父母好好照顧著，可說是不幸中的大幸了。期望有一天，我會寫下他們終於回復原狀的故事。

——張篤是次奇幻經歷筆錄完畢

失蹤航機

作者　　　　：張篤（棟你個篤）
出版經理　　：望日
設計排版　　：Tech Us Company Limited (techus.hk)
封底及內頁圖片：Freepik.com

出版　　　　：星夜出版有限公司
　　　　　　　網址：www.starrynight.com.hk
　　　　　　　電郵：info@starrynight.com.hk

香港發行　　：春華發行代理有限公司
　　　　　　　地址：九龍觀塘海濱道 171 號申新證券大廈 8 樓
　　　　　　　電話：2775 0388
　　　　　　　傳真：2690 3898
　　　　　　　電郵：admin@springsino.com.hk

台灣發行　　：永盈出版行銷有限公司
　　　　　　　地址：231 新北市新店區中正路 499 號 4 樓
　　　　　　　電話：(02)2218-0701
　　　　　　　傳真：(02)2218-0704

印刷　　　　：嘉昱有限公司

圖書分類　　：流行讀物 / 奇幻小說
出版日期　　：2019 年 4 月初版
ISBN　　　　：978-988-77905-5-6
定價　　　　：港幣 88 元 / 新台幣 390 元

本故事純屬虛構，與現實的人物、地點、團體等無關。